保罗·策兰诗全集 | 第二卷　孟明 译

罂粟与记忆

华东师范大学出版社

华东师范大学出版社六点分社 策划

保罗·策兰,1948年,维也纳

鸣 谢

本书翻译过程中的疑难之处,得到保罗·策兰遗稿编辑执行人、策兰研究会秘书长、巴黎高等师范学校日耳曼语言文学教授 Bertrand Badiou 先生以及策兰之子 Eric Celan 先生的无私帮助;本书中的珍贵图片承蒙 Eric Celan 先生授权使用。谨此,我向他们表达我最诚挚的谢意。

目 录

中译本序 ……………1

罂粟与记忆（1952）

骨灰瓮之沙
荒野歌谣 ……………5
夜里你的肉体 …………9
你白白把心画在 ……………13
玛利安娜 ……………17
油脂灯 ……………21
满手时间 ……………25
夜半 ……………27
你的头发在海上 ……………29
白杨树 ……………31
灰草 ……………33
蕨的秘密 ……………35
骨灰瓮之沙 ……………37
最后的军旗 ……………39
咯蹬一声 ……………43
盛宴 ……………45
九月里阴沉的眼 ……………47
海石 ……………51
法国之忆 ……………53
阴影中妇人歌 ……………55

夜光 ……………59

岁月从你到我 ……………61

远颂 ……………63

一生 ……………67

晚和深 ……………69

CORONA ……………75

死亡赋格

死亡赋格 ……………83

逆光

旅途上 ……………91

在埃及 ……………95

走进雾角 ……………97

喝蓝 ……………99

谁要是你 ……………101

火印 ……………103

谁掏出心 ……………105

水晶 ……………107

寿衣 ……………109

茫茫海上 ……………111

孤独一人 ……………117

酒壶 ……………119

夜，当爱的钟摆 ……………121

睡吧 ……………123

你变成这个模样 ……………125

坚固的城垒 ……………127

最白的鸽子 ……………129

夜的芒草

　　睡眠和饭 …………*133*

　　旅伴 …………*135*

　　眼睛 …………*137*

　　永恒 …………*139*

　　浪花拍岸 …………*141*

　　心和大脑 …………*143*

　　游移的心 …………*149*

　　她给自己梳头 …………*151*

　　瞧你被词语弄花了眼 …………*153*

　　风景 …………*155*

　　安静！…………*157*

　　水与火 …………*159*

　　数杏仁 …………*163*

骨灰瓮之沙（1948年维也纳版）

在门前

　　那边 …………*171*

　　梦之居有 …………*175*

　　摇篮曲 …………*177*

　　井边 …………*179*

　　雨中丁香 …………*181*

　　一个战士 …………*183*

　　罂粟 …………*185*

　　山里的春天 …………*189*

　　橄榄树 …………*193*

墓畔 ………… *195*

阿耳忒弥斯之箭 ………… *199*

九月之冠 ………… *203*

翅膀声 ………… *205*

孤独者 ………… *209*

黑雪花 ………… *211*

梦的门坎 ………… *215*

在最后一道门 ………… *217*

罂粟与记忆

口琴 ………… *221*

落入黑暗 ………… *223*

唯一的光 ………… *227*

夜曲 ………… *231*

至点礼赞 ………… *233*

同期已刊未结集散作

海之歌 ………… *237*

陆地 ………… *239*

黑冠 ………… *241*

乱 ………… *245*

沉睡的恋人 ………… *247*

时间 ………… *249*

同期遗稿

死亡 ………… *253*

同在一起 ………… *255*

夜 ………… *257*

出自所有的伤 …………259
啊，世界之蓝 …………261
詈词 …………263
一个影子的画像 …………265
在你相思的黑色边缘 …………269
所有的道路上 …………271
以浓烈的药草和死魂灵 …………275
暮色中的伟大囚徒 …………277
大黑 …………279
饮酒歌 …………283

附录：1948年维也纳版《骨灰瓮之沙》篇目 …………285
保罗·策兰著作版本缩写 …………288
本卷策兰诗德文索引 …………295

中译本序

1

"谁敢用眼睛直视美,谁就被托付给死神。"[1] 德国 19 世纪诗人普拉腾的这个诗句,可以用来作为这篇序文的开场白。千禧年之际,也就是策兰去世整整三十年后,诗人早年的同乡女友伊兰娜·施缪丽在回忆录中引用了这句诗,用来作为一个年代的标记,同时作为她与保罗·策兰最后一次重逢的纪念,因为在那次重逢之后不久,诗人就去世了。在那次重逢期间,他们回顾往事,说到了一种从布科维纳开始的诗歌,以及战争期间他们在切尔诺维茨犹太隔离区共同度过的苦难岁月。

> 栗树的那边才是世界。
>
> 夜里风驾着云车从那边来
> 不知这里谁起身……
> 风要把他带过栗树林:
> "我这里有水龙骨,有红色毛地黄!
> 栗树的那边才是世界……"

这是策兰早年一首题为《那边》的诗的开头段落。1948 年诗人在维也纳编定他的第一部诗集时,曾将它列为卷首篇[2]。不晓得此诗背景

---

[1] 普拉腾(August von Platen, 1796-1835)这个诗句见于其 1825 年诗歌名篇《特里斯丹》(*Tristan*),《奥古斯特·冯·普拉腾全集》(*August Graf von Platens sämtliche Werke*)十二卷本,第二卷,Max Koch 和 Erich Petzet 主编,Max Hesses 出版社,莱比锡,1910 年,第 94-95 页。
[2] 策兰这首诗的全文,参看本书第 171 页。

个中原委的读者可能会诧异，这首多少有点稚嫩的少作，文笔直白，写一个少年面对一片栗树林憧憬外面的世界，虽然写得飘渺、机智且充满童真，与日后策兰那些大手笔作品相比，算不上一篇精彩的诗作，但对策兰来说，这首诗不是他早年写作中随便落在某个时间点上的文字，而是一个起点，带有它诞生时刻的个人印记和时代特征，在他的诗人生涯中具有特殊的意义，因为它先期地为诗人日后的写作调定了一个音色：自由与狂想。准确地说，这首诗作于 1941 年作者 20 岁时在切尔诺维茨犹太隔离区的岁月。

> 栗树的那边才是世界……

这句诗质朴而悠扬的音符，经历漫长的时间之后，依然回响在世界的另一尽头。1969 年岁末，施缪丽决定从耶路撒冷到巴黎来看望策兰，两人在 15 区靠近塞纳河的策兰寓所彻夜长谈。据她回忆，谈话中策兰想起过去在犹太隔离区的那段日子。当施缪丽念出"栗树的那边才是世界"这句诗时，策兰不好意思地摆摆手。但二人都沉浸在往事中。

> 孤独一人，我把灰烬之花
> 插入盛满成年之暗的瓶。姐妹嘴，
> 你说出一个词，它在窗前不肯离去，
> 而我昔日所梦，悄然爬上我身。

这首题为《孤独一人》的诗，收在《罂粟与记忆》诗集《逆光》之章。这首诗，1950 或 1951 年作于巴黎；或者更早，作于 1948 年 8 月诗人刚从维也纳抵达巴黎的时候。时策兰甫入而立之年，双亲既逝，一人只身流寓西方。"成年之暗"并非说人到懂事的年龄知世事而黯然，也不是说人过早地心境衰老，而是一种生存的伤和愧。奥斯威辛之后，与许多幸存者一样，策兰一直有一个民族几乎灭亡而自己生存下来那种伤悲感。把"灰烬之花"插入"成年之暗"的瓶,说的就是这种伤悲。

"灰烬之花",如同见于同一部诗集中的那首《灰草》,是死亡之物,焚尸炉的灰渣,父母之尸,亲人之骸。青年时代,并不太远,身在犹太隔离区,虽然预感到某种不祥的事情,但并未想到与天同燔那种大屠杀会发生。诗人"把灰烬之花/插入盛满成年之暗的瓶"——

关于那次会面,施缪丽在回忆录里写道:"策兰不太自信。但我们都觉得'栗树的那边才是世界'这句诗很美,并且想起了那时候偷偷到无人的公园里去散步,那是禁止的,因为我们都有个黄色星标[1],我们把它藏到大衣口袋里。那时我们'不顾一切'要走到有明丽春光的地方,尽管 11 月底春光早就不知哪去了。我们想起了那时在积得厚厚的秋叶中发现的小小报春花,我们用蓝色贝雷帽把一束束小花捧回来,放在柳树荫下的桌子上,想起了我们在那万籁俱寂的时刻毫无旁人地大声朗诵诗歌,就像策兰说的,那是我们无所顾忌,天真无知地笑闹……"[2]

> 多少个夜晚我听见那风又回过头来:
> "我这里燃烧着远方,你那儿太窄迫……"

令人难以想象的是,今天我们读这首诗时竟没有听出一点身在苦难的哀声,只有风自由的吹拂和人对自由的渴望。那时,等待着他们的是流放、死亡营和焚尸炉,而隔离区的孩子们在死神的笼罩下还对着天空朗诵美和自由的诗篇!正如策兰所说,人们——"我们"——曾经以天真无畏的青春克服了苦难和黑暗。诗人对那段日子记忆犹新,后来到了布加勒斯特,他还在一首诗里写下那个年代看到的白色"栗树花"。

---

1 黄色星标:二战期间纳粹强迫犹太人在胸前衣襟上佩戴的六角星标记。
2 参看伊兰娜·施缪丽回忆录《说吧,那就是耶路撒冷》(*Sag, dass Jerusalem ist*),Isele 出版社,Eggingen, 2000 年,第 58 页。

> 栗树第二次开花：
>
> 可怜地燃起一线希望……[1]

据策兰说，栗树在晚秋开二茬花是"一种致命的疾病"。在他那样的生平中，或者说在他所经历的历史事件中，那种反常的花，反常，但开在天空下，就像一种能够有的美的事物，苍白，白得像滴在烛台上的烛花，不也是一种希望吗？普拉腾那句诗——我相信策兰在隔离区的那些日子里经常诵读它，正好道出诗人性格中自少年时代起就已铸下的一种东西——对美和自由的冲动，哪怕在死亡面前！

策兰与施缪丽那次彻夜长谈，一夕之间，半身事历历在目，似乎围绕这个话题开始，也以这个话题结束："谁敢用眼睛直视美，谁就被托付给死神——我们当中说过这话的人，我们希望他别再说了，但又希望说下去。那难以置信的蓝天下栗树的白色烛形花。真美。"那次谈话，距诗人投河自尽仅4个月。

2

保罗·策兰1920年11月23日出生在布科维纳故都切尔诺维茨。布科维纳历史上属于奥斯曼帝国属地摩尔达维亚公国的一部分，18世纪中叶并入奥匈帝国，成为奥匈帝国东疆的一块"王冠领地"；其帝国领地地位一直持续到1918年奥匈帝国覆灭，领地归并罗马尼亚为止。

布科维纳是个多语族共存地区，当地人讲德语、意第绪语、罗马尼亚语和乌克兰语。在延续了150年的多语言、多宗教传统中，他们共同创造了被称为"布科维纳文化版图"的黄金时代；而当地烙下犹太德语印记的文化，造就了好几代杰出的诗人和文化人，策兰及其同代人阿尔弗雷德·马古-施佩伯、罗泽·奥斯兰德和莫泽斯·罗森克兰茨就被称为"布科维纳四子"。尤其座落在喀尔巴阡山北麓一片山坡脚下的

---

[1] 参看本书第47页《九月里阴沉的眼》一诗。

故城切尔诺维茨,策兰的出生地,德裔犹太人的聚居区,更因人杰地灵而有"小维也纳"之称。也因为这样的历史渊源,切尔诺维茨与维也纳在文化上天然地有着一种亲缘关系,这也许是策兰1947年底从罗马尼亚越境出走时,其直接的投奔地是维也纳这座奥匈帝国故都的原因吧。

在策兰的整个童年和青少年时代,地缘政治版图的变更并没有改变当地人心目中这块昔日"王冠领地"上人民的生活习俗和文化风景。这里的人对大地和乡土的依恋一代传一代。直到第二次世界大战初期,诗人的故乡才成为一块被分割被兼并的沦陷之土。从1940年战争初期到战争结束后的1947年,三个历史日期决定了诗人故乡的命运。

1940年6月,苏联红军抢先占领布科维纳,强行把这个罗马尼亚行省分割成两半,将北布科维纳并入苏联加盟国乌克兰。

1941年7月,也即苏德战争爆发后不久,北布科维纳又被纳粹德国军队占领。纳粹党卫队在切尔诺维茨犹太人聚居的老城设立犹太种族隔离区,策兰的父母和无数犹太居民被流放到布格河畔的纳粹集中营;策兰本人则被作为城内的犹太青壮年男丁强制充当劳工,送往罗马尼亚东部布泽乌市一带的苦役集中营做苦役,为战争修筑公路和桥梁。

战后1947年2月,同盟国与欧洲五战败国缔结《巴黎和约》(又称《五国和约》)时,又将北布科维纳最终划归苏联。这一次,不愿留下的策兰,不仅在战争期间失去了双亲,最后也失去了自己的故乡,成为一个不知乡关在何处的"不明国籍者"。

> 东方天空缀上绫罗织锦而变重了:
> 你可爱的名字,是秋天的鲁纳文织出来的。
> 啊,我用人世的树皮把心系于天上的葡萄枝
> 且系且哭,起风时,你就能无怨无悔地放声歌唱?
>
> 太阳葫芦朝我滚下来:
> 坎坷的道路上已回响着病愈的时光。

虽然最后的不是我的，还是一片亲切的金黄。
每一片雨帘都拨开了，为你也为我。

这是策兰早期诗作《九月之冠》的末二节。此诗1944年作于故乡切尔诺维茨，后由作者编入1948年维也纳版诗集《骨灰瓮之沙》。

这首诗写是年秋天事。策兰刚从获解放的苦役集中营回到切尔诺维茨不久，诗题"九月之冠"可能指故乡正是秋高气爽的时节，但多少也让人联想到诗人脚下的那片土地——昔日的"王冠领地"，它早已由生活在这片土地上的人们用古老的鲁纳文（日耳曼先民的语言）为它谱写下灿烂而悠久的历史了。这是一首归乡诗，清新感人，也隐含着复杂的心情，尤其末节诗中"虽然最后的不是我的，还是一片亲切的金黄"的诗句异常感人，明眼人能从中读出苦涩的滋味。

诗人劫后余生，对故乡充满亲情，对生活的未来怀抱着新的希望，但他也意识到，这片土地可能不再属于他这个故乡之子了，因为苏联红军又一次进驻了这座城市，并且实行军事管制。1945年4月，策兰离开切尔诺维茨时，是被苏军当局作为自愿离境的非乌克兰公民，用军车送到边境递解出境的。从那以后，诗人再也没有机会重返故乡。

3

《罂粟与记忆》是策兰在德国出版的第一部诗集。鉴于之前的维也纳版《骨灰瓮之沙》付梓后并未发行，这部诗集实际成为策兰正式发表的第一本诗集。在时间跨度上，两部诗集中的作品涵盖了诗人从故乡切尔诺维茨到布加勒斯特，再由维也纳到巴黎的生活经历，其间有些作品深深地打上了历史事件的沉重印记，尤其收在诗集中的成名作《死亡赋格》以及《白杨树》、《墓畔》、《黑雪花》等名篇。书名"罂粟与记忆"见于诗人1948年春在维也纳写下的《Corona》一诗：

秋天从我手里吃叶子：我们是朋友。
我们从坚果里剥出时间教它走路：
时间缩回壳里。

镜中是礼拜日，
人睡入梦乡，
嘴巴吐真言。

我的目光落向爱人的性：
我们彼此相望，
我们说些黑暗的事，
我们相爱如罂粟和记忆，
我们睡了像螺壳里的酒，
像海，在月亮的血色光芒里。

我们相拥于窗前，路人从街上看我们：
是时候了，该让人知道了！
是时候了，石头终于要开花了，
心跳得不宁了。
是该到时候的时候了。

是时候了。

这是策兰广为读者传诵的一首诗。英格褒·巴赫曼曾称它是策兰最美的诗[1]。"Corona"这个诗题，人们多所猜测而不得其解。也许"Corona"

---

[1] 巴赫曼1949年6月24日致策兰。详见《心的时间。英格褒·巴赫曼与保罗·策兰通信集》（*Herzzeit. Briefwechsel Ingeborg Bachmann-Paul Celan*），Suhrkamp出版社，法兰克福，2008年，第11页。

之谜就在这首诗中:"我们相爱如罂粟和记忆"。学名为 Papaver 的罂粟广布于欧亚大陆,茎直立,花单生,大而艳丽,多为红色,间或亦有白、橙黄及淡紫色者。诗人故乡的田野上常常可以看到这种罂粟花,其早期作品中写到罂粟的诗句也不少,譬如《雨中》一诗就提到家乡的"罂粟地"(Mohnfeld)[1]。红罂粟尤其开得鲜艳耀目,人见了如同溅血惊心之物。然此花早落,开败后即露出发黑的花芯,像一顶忧郁的王冠;也许在这首诗里,通过这个意象,Corona 神秘地与罂粟重合在一起。我们也可以读一读编入维也纳版诗集《骨灰瓮之沙》中的《梦之居有》一诗的结束句:"他未敲破的,我小心饰以花环:/红色围栏,黑色的中心"[2]。依策兰早期作品研究者雨果·贝克的看法,这个诗人小心饰以花冠的"黑色中心"指的就是罂粟花[3]。在西人名物文化中,罂粟被视为宁为美而灿烂一死的象征,又被当作伤逝之物,甚至作为殇花用以悼念死者。策兰早年作于故乡题为《死者》的诗中就有这样的诗句:"罂粟把脸抓出血了:/跪下喝吧,别犹豫!"[4]。

> 夜携着须备好的异乡之火,
> 它能征服星辰中的击杀之物,
> 我一团火似的思念应能经得起
> 九次从你那只圆壶吹来的烈焰。

---

1 《雨中》(*Im Regen*)一诗,今收于策兰"早期诗歌"卷。详见芭芭拉·魏德曼《保罗·策兰诗全编》全一卷本(*Paul Celan, Die Gedichte, Kommentierte Gesamtausgabe in einem Band*), Suhrkamp 出版社,法兰克福,2003年,第391-392页。
2 《梦之居有》这首具体年代不详的诗(估计作于1940-1943年间),杂糅了堂吉诃德形象和罂粟意象,是策兰最晦涩难懂的早期作品之一。见本书第175页。
3 参看雨果·贝克(Hugo Bekker)著《策兰·保罗早期诗歌研究》(*Paul Celan, Studies in His Early Poetry*), Rodopi B.V.出版社,阿姆斯特丹/纽约,2008年,第64页。
4 详见芭芭拉·魏德曼《保罗·策兰诗全编》全一卷本,前揭,第381页。

夜，那是1942年至1943年，诗人在罗马尼亚东部塔巴雷斯蒂苦役集中营。他在黑夜里写下这首"罂粟诗"（这里引的是该诗的起首段落），诗的标题就叫《罂粟》，原稿见诗人在苦役集中营的一个笔记本；此诗亦曾从集中营随信抄寄给在远方的女友露特·拉克纳（后从夫姓克拉夫特），故这首诗亦见于露特1986年将其保存的策兰手稿辑成的《保罗·策兰1938-1944年诗稿》。这里，"异乡之火"（诗人对诗的又一说法）、火一样的"思念"（爱，向往，希望）、炽热的"圆壶"（罂粟花的意象，水罐意象，家山之物，母土，诗的源泉，诗中指女友）——可以说，这首诗几乎汇集了诗人所能想象的罂粟的象征内涵。在策兰的作品里，罂粟与记忆几乎是一对天生的姐妹。罂粟，既是为信念而灿烂一死的意志，又是缅怀死者的殇花，也是火、爱、思念及渴望生活和自由的想象，甚至是抵御击杀的护身符。怎么说呢，我们几乎找不到一个特定的词来形容策兰的"罂粟"。也许，把策兰发明的这朵多义的"罂粟"与"记忆"结合起来，就是Corona那个神秘的词的底蕴："我们相爱如罂粟和记忆"。

在我们迄今所见的策兰作品中，Corona这个词仅作为诗题出现过一次。似乎对诗人而言，大凡命运一类事物，一次闪现就够了，足以让他在某件事情上放下心了。可是，这个通常释义为"花冠"（或"王冠"）的拉丁词被放在一首谈论时间、爱人和生活之事的诗篇之上，多少还是让我们感到困惑。也许诗人想说的是一种在时间中达于至高的东西，或者他要揭示什么事情，譬如耐心、创作、生活的意义以及对某件事的期待，或者苦尽甘来那样的想法。总之，我们需要弄清"是时候了"这句话的含义。

写这首诗时，诗人已经离开故乡踏上流亡路。依我个人之见，在这首诗里，Corona这个词天然地指向一片土地，那片曾经养育了他，给他无限灵感，被称作"王冠领地"的母土——布科维纳。也许Corona这个词的全部秘密就在于此。当然不止于此，它的意义聚集在那片土地的根基之上，包括那里的乡土和整个烙下犹太德语印记的文化血脉，以及诗人在那里生活和经历过的事物，譬如他这一时期诗歌里出现的"十八只水罐"（生活用具和希伯来数字的喀巴拉含义）[1]，再如他后来的作品里经常提到的"水井"和"水井之乡"，那是作者熟悉的布科维纳"水井调"（Brunnenton）——策兰的传记作者之一埃梅里希非常恰当地称之为布科维纳诗歌的"内在旋律"[2]。策兰一生用故乡"水井调"写下的诗篇不少，这本《罂粟与记忆》诗集中就有一首题为《你变成这个模样》的"水井调"杰作。

策兰诗中除了文化印记的折射，其词语也常常是多义的。《Corona》的真正秘密也许就隐藏在该诗第七行"Geschlecht"［性］这个词的意象里。这个袒露的细节是那么的率真，在爱恋和私情以外，似乎也以诗意的方式将"世系"、"民族"和"亲人"那种近乎血肉的依存关系天然地融合在一起。不是说诗人对昔日的"帝国领地"有什么怀旧，而是那片土地的血脉早已流在诗人的血管里了。从1940年起，故乡在铁蹄之下面目全非，甚至它的地理名称和归属都已改变。1945年以后，故土更是成为记忆了。诗人是背着故乡的血脉流亡他乡的。对诗人而言，这几乎是命运的重负。1948年，他在给定居以色列的一位亲友的信中说："也许我是在欧洲注定将犹太人的精神命运生活到底的最后几个人之一了。"[3] 十多年后，在一首题为《黑》[4]的诗里，他还这样写道：

---

[1] 参看《梦的门坎》（*Die Schwelle des Traumes*）一诗，载维也纳版诗集《骨灰瓮之沙》，《全集》HKA卷2-3/1，Suhrkamp出版社，法兰克福，2003年，第26页。见本书第215页。

[2] 参看沃尔夫冈·埃梅里希（Wolfgang Emmerich）著《保罗·策兰传》（*Paul Celan*），Rowohlt Taschenbuch出版社，赖因贝克（Reinbek bei Hamburg），1999年，第24页。关于这种布科维纳诗歌"水井调"，还可参看收在维也纳版《骨灰瓮之沙》诗集里的《井边》（*Am Brunnen*）一诗，见本书第179页；另参看策兰1958年诗作《高处，没有声息》（*Oben, geräuschlos*），载诗集《话语之栅》，《全集》HKA本，卷5/1，Suhrkamp出版社，法兰克福，2002年，第52-53页。

[3] 转引自毕安卡·罗森塔尔（Bianca Rosenthal）《早期策兰创作来源：阿尔弗雷德·马古-施佩伯布加勒斯特稿》一文，载德国《文化交流杂志》（*Zeitschrift für Kulturaustausch*）1982年第三期，第230页。

[4] 《黑》（*Schwarz*）这首诗载诗集《换气集》，《全集》HKA本，卷7/1，Suhrkamp出版社，法兰克福，1990年，第57页。

黑，
如记忆之伤，
眼睛挖掘着寻找你
在这心之齿
咬亮的王冠领地
那里永远是我们的床：

你定会穿过矿道而来——
你来了。

在种子的
意义里
海使你发出星光，在心底，永远。

命名总有一个终结，
我把命运投在你身上。

"这心之齿／咬亮的王冠领地"——诗人知道，从他踏上流亡路的那天起，故乡之梦必穿过黑夜而来，进入他的诗中。诗人也知道，从今以后他只能通过对故乡之物的回忆来收留故乡的血脉，将它保持在心中，也就是说——保留在他自己的诗里。因为那份血脉就是他生活和写作的根基："我把命运投在你身上"。在这首诗之前，1958年1月，策兰在不来梅文学奖受奖演辞中就已提到自己的家乡布科维纳，从前哈布斯堡王朝的属地行省，"一个曾经生活着人和书籍的地方"：

> 我来的那个地方——走了多少弯路！可是，有弯路吗？——那地方，我从那里向你们走来，也许它对你们当中大部分人是陌生的。

那片风景，哈西德教派历史相当大的一部分就在那里安家，马丁·布伯曾经用德语向我们所有人重新讲述过这段历史。那地方，如果我可以对这幅地形速写再做一点补充的话，那就是，它此刻远远地来到我眼前——那是一个曾经生活着人和书籍的地方。就是在那里，今天已经沦为历史陈迹的哈布斯堡王朝的旧省，我第一次遇见鲁道夫·亚历山大·施罗德[1]这个名字：通过读鲁道夫·博尔沙特[2]的《石榴颂》。所以说，在那里，我对不来梅的轮廓就已经略知一二了：借助不来梅出版社出版物勾勒的形象。[3]

"我来的那个地方"，"哈西德教派历史相当大的一部分"——这片风景，就潜藏在《Corona》这首优美的爱情诗里。这首诗，如果我们尊重诗人做事情的方式，他把一个可以代替故乡名字的词放在一首诗的标题地位，那么我们也可以说，这是一个流亡的故乡之子郑重地献给故乡的一首谦卑的诗。当然，这个大致言之成理的结论并不能道尽 Corona 这个词在策兰诗中的全部秘密。也许应该说这个词是一个"名"，一个经由哈西德教派喀巴拉教义转化的名，它不仅仅出现在它所在的这首诗，它也以折射的方式投照在诗人其他回忆归乡的作品里。所以，透过"罂粟"和"记忆"这对姐妹词在策兰全部诗歌写作中的内涵，我们会知道更多的事情。

---

[1] 鲁道夫·亚历山大·施罗德（Rudolf Alexander Schröder, 1878-1962），出生于不来梅的德国建筑师和室内设计师，多才多艺，喜爱文学和诗歌，1913 年创办不来梅出版社（Bremer Presse）出版文学和诗歌书籍，成为名噪一时的出版界骄子。晚年曾担任不来梅文学奖评委会主席。策兰受奖演辞中所说"借助不来梅出版社出版物勾勒的形象"指的就是施罗德创办的出版社。

[2] 鲁道夫·博尔沙特（Rudolf Borchardt, 1877-1945），德国作家、诗人、翻译家和文学批评家。在文学上被认为是传统派的代表，反对现代主义思潮。一生著述甚丰，涉及诗歌、小说和政论等多种体裁。曾将古希腊诗人品达的诗歌翻译成德文。

[3] 策兰《不来梅文学奖受奖演词》（Ansprache anläßlich der Entgegennahme des Literaturpreises der Freien Hansestadt Bremen），《全集》HKA 本，卷 15/1，Suhrkamp 出版社，法兰克福，2014 年，第 23 页。

> 孤独一人，我把灰烬之花
> 插入盛满成年之暗的瓶。姐妹嘴，
> 你说出一个词，它在窗前不肯离去，
> 而我昔日所梦，悄然爬上我身。

施缪丽可能是最后一个远道来看望策兰的早年同乡女友。她和策兰首次彻夜长谈，是 1969 年的除夕夜。他们先是到巴黎右岸市中心犹太人聚居的玛莱区（Le Marais）散步。那个美好的夜晚，在巴黎冬夜的薄雾里，两人缓缓步行穿过雪中的孚日广场，从那儿拐入酒吧和店铺林立的玛莱闹市区，经过巴维街哈瑞迪正统教派的阿古达·哈克希罗斯犹太教堂，然后走进昔日叫"犹太街"的菲迪南·瓦尔街。就在漫步穿过这条古老的"犹太街"的时候，施缪丽突然感伤地问道："它能把我们带到哪儿呢？"巴黎一条古老的犹太小街，冬雾，陌生的人群，街灯和闪烁的霓虹灯招牌……两人回到寓所，策兰拿起笔在一张纸上草草记下几行诗句，丢在桌上。

> 钟形物里喘着
> 虔信又不虔信的
> 灵魂，
>
> 星的笑闹
> 还在继续，也携着我那只
> 在从你而来的荒漠感里
> 被山丘环绕的手
>
> 我们早已
> 在那边。

这就是诗人给施缪丽的赠答诗《钟形物里》[1]，后来编入他未及出版的诗集《时间山园》；而最初丢在桌上的手稿，标题叫做《在钟形的乌有乡》。诗人生活在一种叫做时间的东西里，灵魂的乌有乡——那个夜晚他们在玛莱区穿过的古老犹太小街，能把他们带到哪儿去呢？

从切尔诺维茨写下《罂粟》，到维也纳写下《Corona》，再到巴黎写下《钟形物里》，诗人在时间里走着一条不能抵达终点的路。然而，经由一条诗的子午线，他能抵达心中的目标："我们早已／在那边。"我们可以这样讲：策兰的"罂粟"几乎包容和凝聚了他诗歌中全部的情感母题，而"记忆"这个词，就像柏拉图所讲的"回忆"，乃是获知逝去之物和未来之物的一种方式。经由这两个词，那个闪现了一次的 Corona 成了诗人笔下神奇地聚集了故乡之物的信息码。一个词是一次，但每次都是不可替代的一次。策兰诗歌的魅力也许就在这里。《Corona》那首诗是乐观的，他已知道，生活在诗中，如同生活在自己的家山和水井旁。今天的读者已经在地图上找不到策兰故乡布科维纳故都切尔诺维茨的名字了；诗人的故乡早已按乌克兰语更名为"切尔诺夫策"。只有在他的诗中，你才能找到他的故乡。

4

《罂粟与记忆》由德意志出版社（DVA）于 1952 年底推出新年赠送版节选本，翌年年初正式推出完整版。这部诗集在德国出版，奠定了诗人在其母语故乡的地位。尤其长诗《死亡赋格》首次以德文原作与德国公众见面[2]，可以说是战后德语诗坛一个极具震撼力的事件。

这首长诗作于 1945 年 5 月。初稿标题叫做《死亡探戈》（*Tangoul*

---

1 《钟形物里》（*Im Glockigen*），今编入策兰后期遗作集《时间山园》（*Zeitgehöft*），《全集》HKA 本，第 14 卷，Suhrkamp 出版社，法兰克福，2008 年，第 337 页。
2 1952 年年底《罂粟与记忆》出版前，《死亡赋格》曾于同年 6 月率先单独发表于达姆施塔特的《新文学界》（*Neue literarische Welt*），更多德国公众读到这篇作品则是在《罂粟与记忆》出版之后。

mortii),最早由诗人的朋友彼得·所罗门翻译成罗马尼亚文,于 1947 年 5 月 2 日发表在布加勒斯特大型人文杂志《当代》(*Contemporanul*)。策兰这首诗,就其写作和出现的史期——战后 1945 年,或者到它初次发表的日期 1947 年,那时人们对纳粹集中营骇人的罪行刚刚有所知晓,可以说它是现代诗歌史上的划时代之作。有不少学者认为,《死亡赋格》之于策兰,犹《格尔尼卡》之于毕加索[1]。这话当然不错。其实,这首诗的意义远在《格尔尼卡》之上,因为这首诗——通过它,诗人将奥斯威辛永远钉在了人类历史的耻辱柱上。

1987 年,《死亡赋格》发表 40 年后,它的第一位译者彼得·所罗门在回忆录中回忆了他当时翻译这首诗的情形:

> 这首诗当时标题叫《死亡探戈》,我的译文是在保罗·策兰的合作下完成的,保留了那时的标题 [……] 我们两人当时都希望这首诗的罗马尼亚文本尽可能接近(德文)原作。1947 年,保罗第一次拿《死亡探戈》给我看时,我大为震惊,不仅因为它表面看起来简单易懂的语言机制,更因为诗的内容非同凡响。当然,这种震撼也是由于诗所反映的悲剧事件在时间上离得很近,加之整首诗咒语式的写法提纯了所有散文的或日常的成分,内容上达到如此高的写实感。在我看来《死亡探戈》就像是一整个时代的最具揭示力的浓缩图景,这个时代虽然刚刚结束,但还有着可怕的现实性。[2]

但是这首著名长诗在在德国出现时遭到的冷遇,实在令作者难以想

---

[1] 参看牛津大学泰勒教席日耳曼语言文学教授普劳厄(Siegbert S. Prawer, 1925-2012)1966 年撰写的《保罗·策兰》一文,载论文集《论保罗·策兰》(*Über Paul Celan*),狄特琳·麦内克(Dietlind Meinecke)主编,Suhrkamp 出版社,法兰克福,1970 年,第 143 页。
[2] 参看彼得·所罗门著《保罗·策兰的罗马尼亚维度》(*Paul Celan, Dimensiunea românească*)法译本《少年一别时》(*L'adolescence d'un adieu*),前揭,第 38-39 页。

象甚至大为骇异。直到战后1953年，彼得·所罗门所说的那种"现实性"依然存在，《死亡赋格》产生的震撼多于它被接受的程度，或者说德国公众对它抱有不可抗拒又难以接受的双重心理。事实是《罂粟与记忆》刚刚在坊间上架，立刻被来自德国读书界的书评人剥了一层皮。他们大谈策兰诗歌的形式感，而将书的内容整个过滤掉了。有的书评人避重就轻，称这部诗集是作者用巴尔干元素调制出来的"纯诗"；有的则干脆把《死亡赋格》讽刺为一部东方"禅宗式的佛家历险记"[1]。

在书评人调侃式的砍杀之后，真正的攻讦也来了。1959年，正当策兰第三部诗集《话语之栅》由菲舍尔出版社在法兰克福推出之际，柏林《明镜日报》书评人布勒克针对策兰这本新书发表了一篇书评，指称诗集里的长诗《密接和应》和之前发表的《死亡赋格》一样，是作者利用自己的出身"在乐谱上玩音乐对位法"[2]。与此同时，已故法国犹太诗人伊凡·高尔的遗孀克莱尔·高尔出于嫉妒，也不停地给德国知识界、作家、出版人、杂志主编和电台节目制作人寄匿名信，挑起指控策兰剽窃其亡夫作品的"高尔事件"。高尔遗孀不仅不惜篡改亡夫手稿来达到指控策兰的目的，更将诗人父母死于纳粹集中营说成是编造的"传奇"。这对策兰而言，不啻是父母遭"第二次屠杀"。

面对越演越烈的"高尔风波"以及德国书评人对其作品的拙劣评点，诗人不得不为自己的诗歌准备辩护材料。大约从这个时候起，策兰不仅严格地标下自己每一首诗的写作日期，还陆续为《死亡赋格》的解读做了一些零散的预备性笔记。1959年10月23日，也就是书评人布勒克上面那篇书评见诸报端后不到两周，策兰起草了一篇致柏林《明镜日报》"读者来函"的文章，针锋相对地写道："奥斯威辛，特雷布林卡，特莱西恩施塔特，毛特豪森，大屠杀，用煤气杀人：这就是这首诗（《死亡赋格》）思考的事情，这才是'乐谱上的对位法'。"[3] 德国书评人对

---

[1] 转引自彼得·所罗门著《保罗·策兰的罗马尼亚维度》，前揭，第44页。
[2] 君特·布勒克（Günter Blöcker, 1913-2006）《作为（*Gedichte als graphische Gebilde*）这篇书评发表于1959年10月11日《明镜日报》。
[3] 详见《细晶石，小石头——保罗·策兰散文遗稿》，Suhrkamp出版社，前揭，第111页。

两篇为历史提供见证的长诗的接连砍杀，这件事令策兰感到悲愤。他在一封给奥地利女友英格褒·巴赫曼的信里针对书评人说："《死亡赋格》对我也是：碑和墓。谁要是像那个布勒克那样谈论这首诗，那他就是在亵渎坟墓。我的母亲也只有这一座坟墓了。"[1]

不仅砍杀，评论界还有好事者对《死亡赋格》资料来源提出质疑。枪矛来自四面八方，策兰几乎招架不住。关于这首长诗的第一手资料来源，诗人1960年为此诗追记的一篇资料性笔记里有所涉及："1945年5月我作《死亡赋格》时，如果没记错的话，当时我在《消息报》上读到了有关伦贝格犹太隔离区的报导。"[2] 不久，诗人在一封写给魏玛大众出版社编辑赫伯特·格赖讷－迈伊的信中也解释说："我的诗《死亡赋格》（并非那种泛泛而说的"死亡赋格曲"）不是'按音乐原理创作的'；我称之为'死亡赋格'，是按这首诗原原本本的模样，而不是凭感觉去臆测：从死亡那里，尝试把它——以及它本身的一切——带入语言。换句话说：'死亡赋格'——这是一个唯一的，在其'组成部分'中完全不可分割的词。"[3]

策兰以上两点陈述十分重要。首先，关于《死亡赋格》的写作年代

---

[1] 策兰1959年11月12日致英格褒·巴赫曼。详见《心的时间。英格褒·巴赫曼与保罗·策兰通信集》，前揭，第127页。

[2] 参看《细晶石，小石头——保罗·策兰散文遗稿》，Suhrkamp出版社，法兰克福，2005年，第170页；亦可参看TCA／MG卷，第59页；TCA/Meridian卷，第131页。按：策兰这段回忆有误。苏联《消息报》（*Izvestia*）1945年4、5月间未曾刊登有关伦贝格犹太隔离区的报道。策兰1945年4月离开苏军占领的故乡切尔诺维茨前往布加勒斯特。抵达布加勒斯特后，出于生计，策兰曾在罗共党报《火花报》（*Scânteia*）担任俄文译员，他可能是这期间从罗共报纸或罗马尼亚的俄文报纸读到有关登有关伦贝格犹太隔离区报道的。伦贝格（Lemberg）系乌克兰西部城市利沃夫（Львів）的德文名称。1941年纳粹德国军队进入该城后，屠杀犹太人并建立犹太种族隔离区。据统计资料，当时利沃夫隔离区的犹太居民多达12万人，随后陆续被送往波兰等地的纳粹集中营。至1944年7月苏军进入这座城市时，利沃夫犹太隔离区活下来的幸存者只剩下两三百人。

[3] 策兰1961年2月23日致赫伯特·格赖讷－迈伊（Herbert Greiner-Mai）。转引自芭芭拉·魏德曼《保罗·策兰诗全编》全一卷注释本，Suhrkamp出版社，法兰克福，2003年，第608页。

有不同的说法。据诗人早年在家乡的一些朋友回忆，1944年就已见到策兰此诗的最初手稿，而策兰本人后来说《死亡赋格》"1945年春作于布加勒斯特"，可能是指此诗最后写定的年代。由于原始手稿今已不存，留存下来的较早稿本只有1945年布加勒斯特打字稿及打字副本若干份，我们已无法得知一个更早的原始稿本的情况。可以大致确定的是，《死亡赋格》初稿可能是策兰1944年7月随切尔诺维茨一家医院医护人员前往基辅出差归来后所作。当时，策兰不仅初步得知利沃夫集中营的情况，也知道了父母遇害的确切地点[1]，并且已写出《黑雪花》和《墓畔》等涉及集中营的重要诗作。诗人后来追忆这两首诗的写作年代时曾写下简短附记：《黑雪花》大致作于1943年秋，当是年轻的策兰得母亲从纳粹集中营托神职人员捎出的书信后作于帕什卡尼附近的拉德扎尼苦役营，故附记中有"忆帕什卡尼火车站的雪——拉德扎尼（Rădăzani）集中营"的记言；《墓畔》则是1944年"基辅归来后作"。在某种意义上，这两首诗已经是《死亡赋格》的前奏曲。

随着时间的推移，《死亡赋格》这首长诗无可争议的高度写实性逐渐得到读书界的重视，但直到1965年德国书评界仍有人置诗中的历史事件于不顾，反借形式感和"音乐性"大做文章，指作者以"唯美主义"和"秘笈似的空洞形式"描写世界大战和非人的罪行[2]。而策兰此前一

---

[1] 策兰最早谈及父母的死，见于他1944年7月临时受聘为医护人员前往基辅出差期间写给战时随苏军撤退后留在俄罗斯的中学时代同学埃里希·艾因霍恩的一封信。策兰借这次短暂出差的机会了解到父母死于集中营的情况和具体地点。他在信中说："我的父母已被德国人杀害。在布格河畔的克拉斯诺波尔卡。"参看策兰1944年7月1日致埃里希·艾因霍恩，《"独角兽：你知道石头……"（保罗·策兰与埃里希·艾因霍恩通信集）》（ Paul Celan – Erich Einhorn : »Einhorn : du weißt um die Steine...«. Briefwechsel)，马琳娜·季米特里耶娃-艾因霍恩（Marina Dmitrieva-Einhorn）编，弗里德瑙出版社（Friedenauer Presse），柏林，1999年，第3页。按：克拉斯诺波尔卡（Krasnopolka）系位于乌克兰境内南布格河畔的一座小城，距纳粹德国当时设立的米哈依洛夫卡集中营不远，策兰的父母被杀害前关押在这座集中营。
[2] 参看德国作家赖茵哈德·鲍姆加特（Reinhard Baumgart）题为《非人道的描写：文学中的世界大战和法西斯主义》（ Unmenschlichkeit beschreiben. Weltkrieg und Faschismus in der Literatur ）一文及书评人库尔特·奥本斯（Kurt Oppens）的书评文章《无人之境的开花与写作》（ Blühen und Schreiben im Niemandsland），这两篇文章同时刊载于斯图加特《水星》（Merkur）月刊1965年第一期（总第202期）。

直强调,任何人单纯从"美学"和"音乐性"的观点对《死亡赋格》做过度解读,均违背作者的意图。从《死亡赋格》在战后德国文坛的遭遇,可以想象诗人用德语向战后的德国公众讲述罪行是多么困难的一件事情。有一阵子,策兰对德国读书界的反感甚至到了听不得德国腔德语的地步。每当他应邀到德国访问和朗诵诗歌,总警觉地感到四周的德语跟他的语言毫不相干[1]。这哪是母亲的语言?母亲的语言是谦卑而人性的,绝不是这种傲慢和无视历史的语言!策兰甚至认为,反犹主义已经在德国文坛死灰复燃——"这个不幸的(意识不到其灾难的)国度,人文风景是如此的令人悲哀,"他在一封从斯图加特寄给妻子的信里这样说[2]。

栗树的那边才是世界……

直到上个世纪 50 年代末 60 年代初,我们仿佛还听见策兰这句诗的音符在时代的气氛中回响。时间,有时以它的淡漠和坚忍抵偿了人性的苛刻和历史的不幸。今天,《死亡赋格》已成为一篇纪念碑式的作品,而《罂粟与记忆》也已成为德国坊间最受读者青睐的策兰诗集。

5

本卷收录策兰 1952 年诗集《罂粟与记忆》及同期散作和遗稿。1948 年维也纳版诗集《骨灰瓮之沙》因出版社排印不善,以致篇牍讹

---

[1] 参看策兰 1955 年 5 月和 9 月两度应邀到埃斯林根、科隆、杜塞尔多夫、斯图加特等地访问和朗诵诗歌期间写给妻子吉赛尔的信:"我在这里看到的头脸都不像是荷尔德林的民族……";"我在这个国家里完全不适应,可奇怪的是,这里的人讲的却是母亲教给我的语言";"这次逗留,又一次让我知道一样事情,那就是:我写诗所用的语言,丝毫也不仰赖这里那里讲的这种语言……如果说还有新诗(或散文)能从什么源泉涌出,那只能是在我自己身上找到,而不是我在德国用德语同德国人所作的交谈。"《保罗·策兰与吉赛尔·策兰-莱特朗奇通信集》,卷 I,Seuil 出版社,巴黎,2001 年,第 78 页,第 80 页,第 83 页。
[2] 策兰 1955 年 1 月 31 日致妻子吉赛尔。《保罗·策兰与吉赛尔·策兰-莱特朗奇通信集》,卷 I,Seuil 出版社,前揭,第 70 页。

误过多，策兰决定毁版后，未重新编入上书的遗留部分，也一并收在本卷，同时附"1948年维也纳版《骨灰瓮之沙》篇目"以备读者查考。

《罂粟与记忆》共收录作者从1944年至1952年诗作56首。从年代来看，《骨灰瓮之沙》倒是收早期作品更多一些，这部付梓后未能发行的诗集涵盖策兰1940年到1948年诗作共48首，其中包括诗人1942-1943年在布泽乌市附近塔巴雷斯蒂苦役集中营期间的作品。

今天人们所说的策兰的"晦涩"不是后来才有的，这种"晦涩"已见于其早期创作，惟我们对诗和诗人应有新的了解，而不至茫昧而流于人言亦言。诗人布加勒斯特时期的作品倒是带有某种超现实主义的特征，譬如那首"眼睛里插着梦的匕首"的《夜半》，写得优美、飘逸但不好懂。也许是诗人在战后年代参与过当时的艺术思潮留下的印记吧，但诗人从未声辩他曾是超现实主义者。策兰一生未依附任何思潮，他更多的是秉承了特拉克尔的风格。他曾在一次与友人的通信中透露："我也许是最后一个步特拉克尔后尘的人。"对策兰来说，晦涩不是风格，而是诗存在的一种方式。但这些早期作品又是那样的流畅，整体上保持着作者青年时代的抒情气质，一种经历过苦难的抒情诗，对爱和生活的执着，对自由的渴望，以及逆历史的凄美历史感。

孟 明

2016年秋，巴黎

---

1 策兰1961年5月19日致瓦尔特·延斯（Walter Jens）。详见芭芭拉·魏德曼编《保罗·策兰与"高尔事件"》资料汇编（*Paul Celan-Die Goll-Affäre. Dokumente zu einer 'Infamie'*），Suhrkamp出版社，法兰克福，2000年，第532页。

罂粟与记忆
MOHN UND GEDÄCHTNIS
〔1952〕

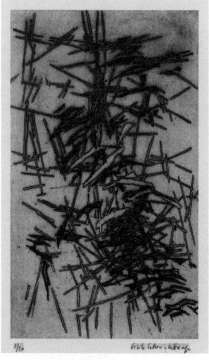

吉赛尔·策兰-莱特朗奇铜版画《还是网》(Les filets encore – Die Netze wieder),1963 年

骨灰瓮之沙
DER SAND AUS DEN URNEN

EIN LIED IN DER WÜSTE

Ein Kranz ward gewunden aus schwärzlichem Laub in der Gegend von Akra:
dort riß ich den Rappen herum und stach nach dem Tod mit dem Degen.
Auch trank ich aus hölzernen Schalen die Asche der Brunnen von Akra
und zog mit gefälltem Visier den Trümmern der Himmel entgegen.

Denn tot sind die Engel und blind ward der Herr in der Gegend von Akra,
und keiner ist, der mir betreue im Schlaf die zur Ruhe hier gingen.
Zuschanden gehaun ward der Mond, das Blümlein der Gegend von Akra:
so blühn, die den Dornen es gleichtun, die Hände mit rostigen Ringen.

荒野歌谣

阿克拉[1]地方有个黑叶扎成的冠：
我曾在那儿掉转黑骑挥剑刺向死神。
我用木碗喝了阿克拉的井灰，
我戴着脸甲[2]朝天空的废墟冲杀。

如今阿克拉地方天使死了，主也瞎了，
没人替我照应到此安息长眠的人。
月儿，这朵阿克拉的小花，已残：
那些戴着锈指环的手，像荆棘开了花。

---

* 策兰布加勒斯特时期作品。今存打字稿及副本7份，分别见于：布加勒斯特罗马尼亚文学博物馆藏阿尔弗雷德·马古－施佩伯（Alfred Margul-Sperber）存稿（MLR 25006,69）；马尔巴赫德意志文学档案馆藏露特·克拉夫特（Ruth Kraft）存稿（Besitz RK）；伯尔尼瑞士文学档案馆藏原苏黎世《行动报》主编马克斯·李希纳（Max Rychner）所有《骨灰瓮之沙》1946年打字副本（'SU 1946' Ds）；因斯布鲁克大学布伦讷档案馆藏德国作家兼出版人路德维希·冯·菲克尔（Ludwig von Ficker）所存《骨灰瓮之沙》1950修订稿打字本（'SU 1950' Ts）；维也纳奥地利文学档案馆藏奥地利女作家希尔德·施皮尔（Hilde Spiel）所存《骨灰瓮之沙》1950修订本打字本（'SU 1950' Ts）；明斯特德国国家档案馆（今北莱茵－威斯特法伦州立档案馆）藏德国作家、原吉本霍尔&维特施出版社（Verlag Kiepenheuer & Witsch）审稿人罗尔夫·施罗尔斯（Rolf Schroers）所存《罂粟与记忆》1952年打字稿副本（'MuG 1952' Ds）。据策兰在其自存《骨灰瓮之沙》1948年维也纳刊本手头点校本（Handexemplar SU）中追记，此诗1945年作于布加勒斯特。

1 阿克拉：古史所记载公元前200年塞琉古王朝安条克四世（Antiochos IV. Epiphanes）在耶路撒冷附近建成的希腊城。Akra，希腊语意为"卫城"，当是亚历三大大帝（Ἀλέξανδρος ὁ Μέγας）征服耶路撒冷之后的希腊化地名，后来又转化成阿卡（Acre），希伯来语读作Akko，阿拉伯人称作Akkā。圣经后典《马加比前书》记载：塞琉古王朝安条克四世曾三度血洗耶路撒冷，毁圣殿，并宣布废犹太教（*1 Makk*, 1,1-45）。

2 古代头盔护脸的部分，可拉上或拉下。

So muß ich zum Kuß mich wohl bücken zuletzt, wenn sie beten in Akra...
O schlecht war die Brünne der Nacht, es sickert das Blut durch die Spangen!
So ward ich ihr lächelnder Bruder, der eiserne Cherub von Akra.
So sprech ich den Namen noch aus und fühl noch den Brand auf den Wangen.

最后我该躬身一吻,当人们在阿克拉祈祷……
真不顶用啊,夜的铠甲,血渗透了胸扣!
我本是他们微笑的兄弟,阿克拉的铁基路伯[1]。
如今我喊出这名字,还感到双颊如火。

---

[1] 基路伯:Cherub,希伯来语意为"天使",音译基路伯,圣经中的智天使和伊甸园守护神。圣经新旧约都多次提到基路伯;第一次出现是在《创世记》(3:24)):耶和华把偷吃禁果的亚当和夏娃逐出伊甸园后,"又在伊甸园的东边安设基路伯,和四面转动发火焰的剑,要把守生命树的道路"。圣经中关于基路伯形象的描绘很多,说它是个有翅膀、有轮子、有身体的半人半物有灵活体,"基路伯各有四个脸面,四个翅膀,翅膀以下有人手的样式"(《以西结书》10:21);基路伯行走时,其轮子一并运转,"彷佛轮中套轮"(《以西结书》10:10),神耶和华"坐着基路伯飞行"(《诗篇》18:10)。又言基路伯翅膀的响声传得很远,"好像全能神说话的声音"(《以西结书》10:5)。译按:凡圣经译文均引自联合圣经公会新版《新标点和合本》。

NACHTS ist dein Leib von Gottes Fieber braun:
mein Mund schwingt Fackeln über deinen Wangen.
Nicht sei gewiegt, dem sie kein Schlaflied sangen.
Die Hand voll Schnee, bin ich zu dir gegangen,

und ungewiß, wie deine Augen blaun
im Stundenrund. (Der Mond von einst war runder.)
Verschluchzt in leeren Zelten ist das Wunder,
vereist das Krüglein Traums—was tuts?

夜里你的肉体

夜里你的肉体因神的激情而青紫:
我的嘴在你的双颊摇着烛炬[1]。
斯人何用摇,不曾有人给他唱催眠曲[2]。
满手雪花[3],我向你走来,

却又犹豫不决,就像你眼睛变蓝
在时间的圆盘。(从前的月亮更圆啊。)
空空的帐篷里奇迹已泣尽,
一壶梦结冰了——有何不好?

---

* 策兰早期作品。今存手稿1份,见于布加勒斯特罗马尼亚文学博物馆藏马古-施佩伯存稿;另有1948年以前打字稿及副本多份,均未标注写作年代。据策兰在其《骨灰瓮之沙》1948年维也纳刊本手头点校本中追记,此诗"1944年作于切尔诺维茨"。最初发表于1948年2月维也纳前卫艺术批评杂志《计划》(*Plan*)卷二第6期。另据《保罗·策兰作品集》图宾根考订本(TCA／MG卷),策兰早年同乡诗友阿尔弗雷德·基特纳(Alfred Kittner)1945年在布加勒斯特计划编辑出版一部《山毛榉——布科维纳犹太诗歌集》(*Die Buche. Jüdische Dichtung der Bukowina*),其编辑文稿中有策兰此诗的一份手稿抄件,题为《雪火》(*Schneebrand*)。

1 马古-施佩伯存稿[MLR 25006-7,16V]此句曾拟作 Mein Kuß ein Falter, über Tag gefangen[〚我的吻是一只蝶,迷落在白天之上〛],复拟作 Mein Kuß die Fackel, über deinen Wangen[〚我的吻就是烛炬,在你的双颊上〛]。同一稿打字本[MLR 25006-6,7]改作 Mein Herz schwingt Fackeln über deinen Wangen[〚我的心在你的双颊摇着烛炬〛]。参看图宾根本 TCA/MG 卷,Suhrkamp 出版社,法兰克福,2004年,第6页;《全集》HKA 本,第2/3卷,第2分册,Suhrkamp 出版社,法兰克福,2003年,第135页。

2 马古-施佩伯存稿[MLR 25006-7,16V]此句一度拟作 [Du liebst heut den,] dem sie kein Schlaflied sangen[〚你今还深爱着那人,〛尽管从前没人给他唱过催眠曲]。参看图宾根本 TCA/MG 卷,前揭,第《全集》HKA 本,第2/3卷,第2分册,第135页。

3 满手雪花:马古-施佩伯存稿[MLR 25006-7,16V／6,7]及维也纳《计划》杂志刊本均作 Den Mund voll Schnee[满嘴雪花]。参看图宾根本 TCA/MG 卷,前揭,第6页;《全集》HKA 本,第2/3卷,第2分册,前揭,第135页。

Gedenk: ein schwärzlich Blatt hing im Holunder—
das schöne Zeichen für den Becher Bluts.

想想吧：一片发黑的叶子悬在接骨木[1]——
那可是血杯的好兆头。

---

[1] 接骨木，Holunder，学名Sambucus，忍冬科（一说五福花科）落叶灌木或小乔木；世界各地均有野生或栽培，多分布于温带或亚热带地区。欧洲常见者另有一种黑接骨木（Sambucus nigra），称西洋接骨木，夏季开伞形细碎白色小花，结浆果初呈红色，熟透后变紫黑，可制果酱和饮料。又欧洲民间有一种说法，传说犹大出卖耶稣后，在一棵接骨木树上吊死。又"一片发黑的叶子"句，菲克尔存稿（'SU 1950' Ts, Brenner Archiv Nachlaß Ludwig von Ficker）作 ein schmerzlich Blatt［一片痛苦的叶子］。参看《全集》HKA本，第2/3卷，第2分册，前揭，第135页。

Umsonst malst du Herzen ans Fenster:
der Herzog der Stille
wirbt unten im Schloßhof Soldaten.
Sein Banner hißt er im Baum – ein Blatt, das ihm blaut, wenn es herbstet;
die Halme der Schwermut verteilt er im Heer und die Blumen der Zeit;
mit Vögeln im Haar geht er hin zu versenken die Schwerter.

Umsonst malst du Herzen ans Fenster: ein Gott ist unter den Scharen,
gehüllt in den Mantel, der einst von den Schultern dir sank
      auf der Treppe, zur Nachtzeit,

你白白把心画在

你白白把心画在窗上:
寂静大公[1]
在下面宫城里招兵买马。
他把旌旗挂到树上:一片叶,秋天来了就变蓝;
他在军中分发忧郁的稻草和时间之花;
他带着头发里的一窝鸟去沉剑。

你白白把心画在窗上:军中有个神明,
披着很久以前从你肩上滑落到台阶的披风[2],在那黑夜时代,

---

* 策兰布加勒斯特时期作品。今存手稿1份,打字稿8份,均未标注写作年代。据策兰在其《骨灰瓮之沙》1948年维也纳刊本手头点校本(*Handexemplar SU*)中追记,此诗1945年作于布加勒斯特。最初发表于维也纳前卫艺术批评杂志《计划》卷二第6期(1948年2月)。

1 寂静大公:此处"寂静"疑取"死界"义: Stille als Bezeichnung für Tod und Grab, vielfach örtlich empfunden, als 'Totenreich'(格林氏《德语大词典》,*Deutsches Wöterbuch*, Jacob und Wilhelm Grimm, Leipzig, S.Hirzel, 1854-1960)。另参看圣经旧约:"死人不能赞美耶和华,/下到寂静中的也都不能。"(《诗篇》115:17)寂静大公,犹言掌管冥界者。

2 这首诗中的一些场景和叙事可能受里尔克早期作品的启发。参看里尔克散文体叙事诗《军旗手克里斯托弗·里尔克的爱与死之歌》(*Die Weise von Liebe und Tod des Cornets Christoph Rilke*):"'你冷了吧?——你想家了吧?'/公爵夫人笑了。/不。那是因为童年早已从他的肩上卸下来了,不过是这件轻柔的深色袍罢了。""时间已经崩溃了。他们在时间的废墟里开花[……]""廊厅的一把椅子上,挂着朗格瑙那人的军装、肩带和披风。他的手套丢在地板上。他的大旗靠窗立着。""他和熊熊燃烧的走廊赛跑,穿过四面火光堵住去路的门,经过一道道烈火灼身的楼梯,逃出了这座震怒的屋宇[……]"详见《里尔克全集》四卷注释本, *Rilke Werke*, Kommentierte Ausgabe, Insel 出版社,第一卷,1996年,法兰克福,莱比锡,第148-149页。据策兰青少年时代女友艾迪特·希尔伯曼(Edith Silbermann)回忆,中学时代的策兰对里尔克诗歌入迷,一有机会就在同学圈子里高声朗诵里尔克的散文诗《军旗手克里斯托弗·里尔克的爱与死之歌》。参看艾迪特·希尔伯曼著《与保罗·策兰相遇》(*Begegnung mit Paul Celan*),Rimbaud 出版社,亚琛,1995年,第44页。

einst, als in Flammen das Schloß stand, als du sprachst wie die Menschen:
  Geliebte...

Er kennt nicht den Mantel und rief nicht den Stern an und folgt
  jenem Blatt, das vorausschwebt.

»O Halm«, vermeint er zu hören, »o Blume der Zeit«.

那时,城堡大火熊熊,你跟众人一样说话:亲爱的……
他对这件披风一无所知,也没有祈求星象,只是去追赶
　　那片飘走的叶子。
他仿佛听见:"稻草啊,时间的花。"

MARIANNE

Fliederlos ist dein Haar, dein Antlitz aus Spiegelglas.
Von Auge zu Aug zieht die Wolke, wie Sodom nach Babel:
wie Blattwerk zerpflückt sie den Turm und tobt um das Schwe-felgesträuch.

Dann zuckt dir ein Blitz um den Mund – jene Schlucht mit den Resten der Geige.
Mit schneeigen Zähnen rührt einer den Bogen: O schöner tönte das Schilf!

Geliebte, auch du bist das Schilf und wir alle der Regen;
ein Wein ohnegleichen dein Leib, und wir bechern zu zehnt;
ein Kahn im Getreide dein Herz, wir rudern ihn nachtwärts;

玛利安娜

你的头发没有丁香,你的脸浮出镜面。
云从一只眼到另一只眼,如同所多玛至巴别塔[1]:
它掰了高塔就像剥树叶,还冲着硫磺山林呼啸。

于是一声惊雷闪在你的嘴上——这山谷残琴犹在。
有个人用雪牙拉弓:噢,芦苇声音更悦耳!

爱人,你就是芦苇,我们是雨;
你的身体是绝代美酒,我们十人痛饮;
你的心是麦田的一条小船,我们把它划进夜色;

---

* 策兰布加勒斯特时期作品。今存手稿1份,见于原慕尼黑大学德语文学教授罗歇·鲍尔(1918-2005)藏稿[Besitz Roger Bauer];另有打字稿及副本10份。据策兰在其《骨灰瓮之沙》1948年维也纳刊本手头点校本(Handexemplar SU)中追记,此诗1945或1946年作于布加勒斯特。最初发表于1948年2月维也纳前卫艺术批评杂志《计划》第6期。关于诗题,策兰五十年代末六十年代初曾在一则诗学笔记中写道:"玛利安娜=法国"(参看《细晶石,小石头——保罗·策兰散文遗稿》(Paul Celan, *Mikrolithen sinds, Steinchen, Die Prosa aus dem Nachlaß*),芭芭拉·魏德曼和贝特朗·巴迪欧编,Suhrkamp出版社,法兰克福,2005年,第109页。

译按:玛利安娜(Marianne)作为法兰西共和国的象征,起源于法国大革命时期。最早出现的"玛利安娜"造型是一位头戴弗里吉亚帽(bonnet phrygien,一种尖形垂耳红色软帽)的妇女,象征共与与自由。据考,弗里吉亚帽原是古代小亚细亚弗里吉亚地区(今土耳其中西部)居民戴的一种帽子,近代欧洲人误将它混同于古罗马时代获释奴隶所戴之"皮雷斯帽"(pileus)而名之为"自由帽"。

1 所多玛:Sodom,圣经中的"罪恶之城",相传位于死海以南的摩押平原。据旧约《创世记》(19:1-25)载,神闻其地罪孽深重,遂降硫磺天火,毁所多玛和蛾摩拉两城及其居民。巴别塔:Babel,圣经中记载的人类未完成的通天塔。挪亚的子孙在大洪水后来到示拿地(巴比伦古称)平原,不依各自的方言、宗族立国,而欲造通天塔以聚天下民共居,上帝为败其事,遂乱其语,使彼等语言不通,乃四散东西(《创世记》11:1-9)。据考,"巴别",巴比伦语意为"上帝之门",而希伯来语意为"乱"。后世犹太教文献多据此解释以色列人作为流亡民族散居各地的命运。

ein Krüglein Bläue, so hüpfest du leicht über uns, und wir schlafen...

Vorm Zelt zieht die Hundertschaft auf, und wir tragen dich zechend zu Grabe.
Nun klingt auf den Fliesen der Welt der harte Taler der Träume.

你一壶蓝天在我们头顶轻摇,我们睡着了……

帐篷前开来百人团,我们喝着酒把你抬到墓地。
人世的地板至今响着梦的坚硬塔勒银币[1]。

---

[1] 塔勒银币(Taler):旧时德国的一种银币。

TALGLICHT

Die Mönche mit haarigen Fingern schlugen das Buch auf: September.
Jason wirft nun mit Schnee nach der aufgegangenen Saat.
Ein Halsband aus Händen gab dir der Wald, so schreitest du tot übers Seil.
Ein dunkleres Blau wird zuteil deinem Haar, und ich rede von Liebe.
Muscheln red ich und leichtes Gewölk, und ein Boot knospt im Regen.

油脂灯

修士们用毛茸茸的手指翻开书本:九月[1]。

伊阿宋[2]把雪撒向初长的青苗。

森林送你一条手项圈[3],死了你也踩着绳索走。

你的头发分得一抹更暗的蓝,我说的是爱情。

我谈论贝壳,轻渺的云,雨中长出花蕾的一叶小舟。

---

* 策兰布加勒斯特时期作品。今存打字稿及副本多份,均未标注年代。据策兰在其《骨灰瓮之沙》1948 年维也纳刊本手头点校本中追记,此诗 1945 或 1946 年作于布加勒斯特。最初发表于 1948 年 2 月维也纳前卫艺术批评杂志《计划》卷二第 6 期。

1 此句"书"与"九月"之间似有某种延伸:这"书本"或指九月之书,秋之书。译按:策兰早期作品多写到"九月"之题,且与死亡、欲望(情爱)和思念联系在一起,如《九月之冠》(*Septemberkrone*)、《九月里阴沉的眼》(*Dunkles Aug im September*)以及早年之作《明年春天》(*Der nächste Frühling*)里的诗句"九月鲜红地掠过我的头发/亡矣!白霜又要代替清露!"(《载《早期诗歌》*Frühe Gedichte*》)。按诗题,此诗似写秋日夜读的联想,而题旨是劫后重生。

2 伊阿宋:Jason,露特藏稿[Besitz RK]作 Perseus[珀耳修斯]。参看《全集》HKA 本,第 2/3 卷,第 2 分册,前揭,第 145 页。伊阿宋,古希腊神话人物,其率阿耳戈船英雄远航黑海之滨取金羊毛的故事,成为西方最早的英雄传奇。伊阿宋取金羊毛间历尽艰险,传说他驾驭制服的铜蹄火牛耕耘贫瘠的土地并播下毒龙的牙齿,结果长出的庄稼全是面目狰狞的武士;伊阿宋投巨石降服武士,将其杀尽。珀耳修斯:古希腊神话人物,宙斯与凡人阿耳戈王国公主达那厄所生之子,半神,曾用赫耳墨斯送给他的剑割下美杜莎的头。

3 手项圈:原文 Ein Halsband aus Händen,指"用手做成的项圈"。译按:德文 Halsband 指古代男女均可佩于颈上的佩饰(与 Torques 同义);亦指套于犯人颈部的枷锁,或套于动物脖子上的项圈。手本是骨肉之物,在策兰则更有"诗人的手"(写作)这一层寓意,然谓项圈乃骨肉所成,复与林中景色糅在一起,笔法奇崛而悲怆。法国诗人阿波里奈尔亦有将落叶视为"断手的描写",参见其《莱茵秋兴》(*Rhénane dautomne*)一诗:Oh ! je ne veux pas que tu sortes / L'automne est plein de mains coupées / Non non ce sont des feuilles mortes / Ce sont les mains des chères mortes / Ce sont tes mains coupées [啊!我不要你出门/秋天到处是砍断的手/不,不,那是死去的落叶/那是死去的恋人的手/是你被砍断的手]。参看《醇酒集》,载《阿波里奈尔诗全集》(*Apollinaire, OEuvres poétiques*, Bibliothèque de la Pléiade),加利玛出版社,七星文库,巴黎,1965 年,第 120 页。

Ein kleiner Hengst jagt über die blätternden Finger—
Schwarz springt das Tor auf, ich singe:
Wie lebten wir hier?

一匹小牝马奔跑着越过浏览的手指——
门黑魆魆的洞开,我要歌唱:
这里我们曾经怎样生活?[1]

---

[1] 结句,露特藏稿[Besitz RK]有引号(参看图宾根本TCA/MG卷,前揭,第12页;《全集》HKA本,第2/3卷,第2分册,前揭,第145页)。

DIE Hand voller Stunden, so kamst du zu mir – ich sprach:
Dein Haar ist nicht braun.
So hobst du es leicht auf die Waage des Leids, da war es schwerer als ich...

Sie kommen auf Schiffen zu dir und laden es auf, sie bieten es feil
    auf den Märkten der Lust –
Du lächelst zu mir aus der Tiefe, ich weine zu dir aus der Schale, die
    leicht bleibt.
Ich weine: Dein Haar ist nicht braun, sie bieten das Wasser der See,
    und du gibst ihnen Locken...
Du flüsterst: Sie füllen die Welt schon mit mir, und ich bleib dir
    ein Hohlweg im Herzen!
Du sagst : Leg das Blattwerk der Jahre zu dir – es ist Zeit, daß du
    kommst und mich küssest!

Das Blattwerk der Jahre ist braun, dein Haar ist es nicht.

满手时间

满手时间,你向我走来——我说:
你的头发不是褐色的[1]。
你轻轻撩起放到苦难的天平上,它比我重……

他们驾船到你这儿来把它装载,运去欲望市场出售——
你从深渊朝我微笑,我在还是那么轻的贝壳里对你哭泣。
我哭诉:你的头发不是褐色的,
　　他们给你海水,你给他们鬈发……
你低声说:他们这就拿我去填充世界,我始终
　　是你心中一条凹陷的小路!
你说:把年年岁岁的叶子搂在身边——是时候了,
　　来亲亲我!

岁月的叶子是褐色的,你的头发不是。

---

* 策兰为人引诵最多的作品之一。今存手稿1份,铅笔写稿,仅见两行,见于露特藏稿(Besitz RK),当是此诗最早的一个片段;另有稍晚的打字副本多份,均未标注日期。据策兰在其《骨灰瓮之沙》1948年维也纳刊本手头点校本(*Handexemplar SU*)中追记,此诗1945年或1946年作于布加勒斯特。
1 1948年诗集《骨灰瓮之沙》(维也纳版)首二句列一行。露特藏稿(AA2.2,48,Besitz RK)拟作 dein Haar ist nicht braun wir leben zusammen es dunkelt bis morgrn / es dunkelt auch morgen ich zünde ein Licht an fürs Kindlein [你的头发不是褐色的,我们生活在一起,天黑至黎明 / 黎明也天黑,我为孩子点亮一盏灯]。参看图宾根本 TCA/MG 卷,前揭,第14页;《全集》HKA 本第2/3卷,第2分册,前揭,第146页。

HALBE NACHT

Halbe Nacht. Mit den Dolchen des Traumes geheftet in sprühende Augen.
Schrei nicht vor Schmerz: wie Tücher flattern die Wolken.
Ein seidener Teppich, so ward sie gespannt zwischen uns,
                        daß getanzt sei von Dunkel zu Dunkel.
Die schwarze Flöte schnitzten sie uns aus lebendigem Holz,
                        und die Tänzerin kommt nun.
Aus Meerschaum gesponnene Finger taucht sie ins Aug uns:
eines will hier noch weinen?
Keines. So wirbelt sie selig dahin, und die feurige Pauke wird laut.
Ringe wirft sie uns zu, wir fangen sie auf mit den Dolchen.
Vermählt sie uns so? Wie Scherben erklingts, und ich weiß es nun wieder:
du starbst nicht
den malvenfarbenen Tod.

夜半

夜半。光芒四射的眼睛里插着梦的匕首。
痛苦面前莫喊叫:云飞似布帛。
一方丝毯,就这样张在我们之间,好让人从黑暗舞到黑暗。
有人用活木给我们雕了支黑色长笛,舞女也来了。
她把浪花[1]编成的手指浸入我们的眼睛:
有谁还会在这里哭泣?
没有了。于是她飘然乘风而去,但见急鼓喧天。
她朝我们抛来指环,我们用匕首接住。
这就把我们出嫁?如同钵裂惊天,我再次得知:
你没有死于
那淡紫色的死亡。

---

* 策兰布加勒斯特时期作品。今存打字稿及副本多份。原稿无标题,亦未标注写作年代。据策兰在其《骨灰瓮之沙》1948年维也纳刊本手头点校本中追记,此诗1945年或1946年作于布加勒斯特。1952年9月首次发表于法兰克福《边线》(*Konturen*)诗刊第2期。
1 浪花,原文 Meerschaum, 此德文词今亦指海泡石。

DEIN HAAR ÜBERM MEER

Es schwebt auch dein Haar überm Meer mit dem goldnen Wacholder.
Mit ihm wird es weiß, dann färb ich es steinblau:
die Farbe der Stadt, wo zuletzt ich geschleift ward gen Süden...
Mit Tauen banden sie mich und knüpften an jedes ein Segel
und spieen mich an aus nebligen Mäulern und sangen:
» O komm übers Meer! «
Ich aber malt als ein Kahn die Schwingen mir purpurn
und röchelte selbst mir die Brise und stach, eh sie schliefen, in See.
Ich sollte sie rot dir nun färben, die Locken, doch lieb ich sie steinblau:
O Augen der Stadt, wo ich stürzte und südwärts geschleift ward!
Mit dem goldnen Wacholder schwebt auch dein Haar überm Meer.

你的头发在海上

你的头发也漂在海上,带着金刺柏。
它和刺柏都白了,我把它染成青石色:
城的颜色,那座我最终被拖向南方的城……
他们用绳拴住我,每根绳上系了一张帆,
还用雾濛濛的嘴朝我喷水并歌唱:
"哦,在海面上走吧!"[1]
可我像一只小船给自己画上了大红翅膀
还迳自吹起了微风,在他们睡着之前,出海。
我本该把你的鬈发染红,可我喜欢它像岩石那样青:
啊,城的眼睛,那座我倒下被拖往南方的城!
带着金刺柏,你的头发也漂在海上。

---

* 策兰布加勒斯特时期作品。今存 1948 年以前打字副本 3 份,另有 1950 年后打字整理稿 4 份,均未标注年代。据策兰在其《骨灰瓮之沙》1948 年维也纳刊本手头点校本中追记,此诗 1945 或 1946 年作于布加勒斯特。
1 此句似取材于圣经故事。参看《马太福音》中"耶稣在海面上行走"章节:"那时,船在海中,因风不顺,被浪摇撼。夜里四更天,耶稣在海面上走,往门徒那里去。门徒见他在海面上走,就惊慌了,说:'是个鬼怪。'便害怕,喊叫起来。耶稣连忙对他们说:'你们放心,是我,不要怕!'彼得说:'主,如果是你,请叫我从水面上走到你那里去。'耶稣说:'你来吧!'"(14:23-29)

Espenbaum, dein Laub blickt weiß ins Dunkel.
Meiner Mutter Haar ward nimmer weiß.

Löwenzahn, so grün ist die Ukraine.
Meine blonde Mutter kam nicht heim.

Regenwolke, säumst du an den Brunnen?
Meine leise Mutter weint für alle.

Runder Stern, du schlingst die goldne Schleife.
Meiner Mutter Herz ward wund von Blei.

Eichne Tür, wer hob dich aus den Angeln?
Meine sanfte Mutter kann nicht kommen.

白杨树

白杨树,你叶子白亮闪入黑暗。
我母亲的头发永不变白。

狮牙草,多绿啊乌克兰[1]。
我的金发母亲没有回家。

雨云,你在井边踌躇什么?
我温柔的母亲为所有人哭泣。

圆星,你在系金色飘带。
我母亲的心受了铅弹之伤。

橡木门,谁把你从门枢上卸下[2]?
我善良的母亲回不来。

---

* 策兰布加勒斯特时期作品。今存打字稿及副本多份。据策兰在其《骨灰瓮之沙》1948年维也纳刊本手头点校本中追记,此诗1945作于布加勒斯特。最初发表于苏黎世《行动报》文学副刊(1948年2月7日),该报编辑添加标题《母亲》。
1 狮牙草:即蒲公英,学名Taraxacum,菊科植物,叶边缘常呈羽状开裂或齿形开裂,如一口尖牙。Löwenzahn(意为"狮子牙")系蒲公英的德文俗称;法文也有类似叫法:dents-de-lion[狮子牙],由希腊文 $λέοντος + ὀδούς$ 或中古拉丁文 dens leonis 转意。策兰讲究词语的直观形式,以蒲公英俗名"狮子牙"喻乌克兰时境,含严酷之意味。1942年秋冬,策兰的双亲先后死于乌克兰境内米哈依罗夫卡纳粹集中营。"多绿啊乌克兰"句,马古-施佩伯存稿(MLR 25006-1,19)曾拟作 wie weit ist die Ukraine[多宽广啊乌克兰]。参看图宾根本TCA/M卷,前揭,第20页;《全集》HKA本,第2/3卷,第2分册,前揭,第156页。
2 指旧时普通人家的木板门,门板早晨卸下,晚上装上。

ASCHENKRAUT

Zugvogel Speer, die Mauer ist längst überflogen,
der Ast überm Herzen schon weiß und das Meer über uns,
der Hügel der Tiefe umlaubt von den Sternen des Mittags —
ein giftleeres Grün wie des Augs, das sie aufschlug im Tode...

Wir höhlten die Hände zu schöpfen den sickernden Sturzbach:
das Wasser der Stätte, wo's dunkelt und keinem gereicht wird der Dolch.
Du sangst auch ein Lied, und wir flochten ein Gitter im Nebel:
vielleicht, daß ein Henker noch kommt und uns wieder ein Herz schlägt;
vielleicht, daß ein Turm sich noch wälzt über uns, und ein Galgen
                                          wird johlend errichtet;
vielleicht, daß ein Bart uns entstellt und ihr Blondhaar sich rötet...

Der Ast überm Herzen ist weiß schon, das Meer über uns.

灰 草

候鸟标枪,早已飞过墙头,
心灵上枝桠变白,海在我们上方,
海底青山绿叶缀满正午的星辰——
一种无毒的绿,像她在死亡中睁开的眼睛……

我们捧那涓涓细流直到滴穿手心:
栖身之水,这里天暗,刀不指人。
你曾唱起一支歌,而我们在雾中编织了一道护栅:
也许,有个刽子手还会过来使我们心跳;
也许,有座塔楼还会从我们身上碾过,
     狂叫声中又要竖起一座绞架;
也许我们长须毁颜而他们棕发血红……

心灵上枝桠变白,海在我们上方[1]。

---

* 策兰布加勒斯特时期作品。今存打字稿及副本多份,均未标注写作年代。据策兰在其《骨灰瓮之沙》1948年维也纳刊本手头点校本中追记,此诗1946作于布加勒斯特。露特藏稿[Besitz RK]标题拟作 *Bruder Hein*[《死神》]。译按:德文 Bruder Hein 即 Freund Hein 的另一说法;Hein 系 Heine, Heinz 或 Heinrich 的缩写,原是德国古老民间家神和地神的名字,后演变为"死神"的代名词;参看格林氏《德语大词典》(*Deutsches Wöterbuch*, Jacob und Wilhelm Grimm, Leipizig, S.Hirzel, 1854-1960)Hein 词条。定本诗题"灰草",Aschenkraut,系雪叶莲(Zineraria)的德文俗称。此词亦见于格林氏《德语大词典》,释义 cineraria, auch artemisia vulgaris[雪叶莲,亦指白蒿]。菊科植物,瓜叶菊属,原产地中海,见于南欧各地,全株被白色绒毛,叶灰绿近灰白色,看似扑了霜雪。

1 露特藏稿此句与上句之间不隔行,句式及用词亦有所不同:vielleicht daß ein Bart uns entstellt und ein Blutstrahl uns täuschet : der Bach wo ihr Auge erzürnt und ihr Blondhaar sich rötet...[也许一把胡须使我们破相,一道血光令我们惶惑:/这条溪水里,他们的目光恼怒,他们的棕发变红……]。参看图宾根本 TCA/MG 卷,前揭,第22页;《全集》HKA 本,第2/3卷,第2分册,前揭,第158页。

DAS GEHEIMNIS DER FARNE

Im Gewölbe der Schwerter besieht sich der Schatten laubgrünes Herz.
Blank sind die Klingen: wer säumte im Tod nicht vor Spiegeln?
Auch wird hier in Krügen kredenzt die lebendige Schwermut:
blumig finstert sie hoch, eh sie trinken, als wär sie nicht Wasser,
als wär sie ein Tausendschön hier, das befragt wird nach dunklerer Liebe,
nach schwärzerem Pfühl für das Lager, nach schwererem Haar...

Hier aber wird nur gebangt um den Schimmer des Eisens,
und leuchtet ein Ding hier noch auf, so sei es ein Schwert.
Wir leeren den Krug nur vom Tisch, weil uns Spiegel bewirten:
einer springe entzwei, wo wir grün sind wie Laub!

蕨的秘密

绿叶垂垂的心影在剑穿下自我端详。
刀光闪闪:死到临头谁不在镜前留恋?
这里也敬上一壶壶生命的感伤:
未等举杯,高枝花已暗,好像不是水,
好像是一朵雏菊[1],借它来卜问更黯的爱情,
更黑的闺床,更重的头发……

可这里怕就怕铁的锃亮,
有一种东西还在高高挥闪,俨然一把剑。
尽管喝干桌上的酒壶,因为镜子款待我们:
让它破成两半吧,只要我们绿叶常青!

---

* 策兰布加勒斯特时期作品。今存打字稿及副本多份,均未标注年代。据策兰在其《骨灰瓮之沙》1948年维也纳刊本手头点校本中追记,此诗1946作于布加勒斯特。最初发表于罗马尼亚诗人扬·卡雷伊安(Ion Caraion)和维吉尔·叶伦卡(Wirgil Ierunca)1947年5月在布加勒斯特主编出版的国际艺文丛刊《广场》(*Agora*)。

1 雏菊:德文 Tausendschön 字面意思为"千丽",谓风姿绰约,常借喻少女的丽质。此草又称长命菊(Ausdauerndes Gänseblümchen),延年菊(Mehrjähriges Gänseblümchen),中文俗称幸福花,拉丁学名 Bellis perennis;菊科中的多年生草本植物,春季开花,有白、粉、红、淡紫等色。西人有摘其花瓣来卜问恋人"爱不爱我?"之俗。此诗似策兰在布加勒斯特时期为其情人露特·拉克纳所作。

DER SAND AUS DEN URNEN

Schimmelgrün ist das Haus des Vergessens.
Vor jedem der wehenden Tore blaut dein enthaupteter Spielmann.
Er schlägt dir die Trommel aus Moos und bitterem Schamhaar;
mit schwärender Zehe malt er im Sand deine Braue.
Länger zeichnet er sie als sie war, und das Rot deiner Lippe.
Du füllst hier die Urnen und speisest dein Herz.

骨灰瓮之沙

霉一样绿,是忘却的家。
每扇风吹的门前你被砍头的吟游诗人变蓝。
他为你敲打青苔和伤心阴毛做的鼓;
他用化脓的脚趾在沙里勾画你的眉。
他画得比你原来的长,还画你唇上的红润。
你在这里填满骨灰瓮,喂养你的心。

---

* 策兰布加勒斯特时期作品。今存 1948 年以前打字稿及副本 5 份,另有 1950 年以后打字整理稿及副本 4 份,均未标注写作年代。策兰在其《骨灰瓮之沙》1948 年维也纳刊本手头点校本中追记,此诗 1946 作于布加勒斯特。最初发表于维也纳前卫艺术批评杂志《计划》卷二第 6 期(1948 年 2 月)。

DIE LETZTE FAHNE

Ein wasserfarbenes Wild wird gejagt in den dämmernden Marken.
So binde die Maske dir vor und färbe die Wimpern dir grün.
Die Schüssel mit schlummerndem Schrot wird gereicht über Ebenholztische:
von Frühling zu Frühling schäumt hier der Wein, so kurz ist das Jahr,
so feurig der Preis dieser Schützen – die Rose der Fremde:
dein irrender Bart, die müßige Fahne des Baumstumpfs.

Gewölk und Gebell! Sie reiten den Wahn in den Farn!
Wie Fischer werfen sie Netze nach Irrlicht und Hauch!
Sie schlingen ein Seil um die Kronen und laden zum Tanz!
Und waschen die Hörner im Quell – so lernen sie Lockruf.

Ist dicht, was du wähltest als Mantel, und birgt es den Schimmer?
Sie schleichen wie Schlaf um die Stämme, als böten sie Traum.

最后的军旗

一匹水彩兽[1]被追赶到苍茫边界。
快戴好你的面具，把睫毛涂绿。
乌木桌上早已端来一碗糊涂铅丸，
这里一春又一春，酒沫飞扬，岁月苦短，
多光彩，射手的奖赏——异乡人的玫瑰：
你那把疯髯，树墩子上无聊的军旗。

云雾狗叫！他们骑着幻想[2]在蕨丛里跑！
他们像渔夫撒网，捕捉鬼火和鼻息！
他们用绳索套住所有王冠邀它跳舞！
还到泉边洗号角——学会吹猎哨。

你挑选的伪装太厚实，是否藏起了头角？
他们来去无影如睡眠萦绕树干，给人以梦。

---

* 策兰布加勒斯特时期作品。今存 1948 年以前打字稿及副本 3 份，分别藏于伯尔尼瑞士文学档案馆和马尔巴赫德意志文学档案馆；另有 1950 年以后打字整理稿及副本 4 份。据策兰在其《骨灰瓮之沙》1948 年维也纳刊本手头点校本中追记，此诗 1946 年或 1947 年作于布加勒斯特。原稿无标题。最初发表于扬·卡雷伊安和维吉尔·叶伦卡 1947 年 5 月在布加勒斯特编辑出版的国际艺文丛刊《广场》，题为《一匹水彩兽》。策兰曾打算将此诗题献给他的译者，旅居瑞典的爱沙尼亚女诗人伊尔玛·拉班（Ilmar Laaban），但在诗集出版前夕又决定将书中所有题辞删去。

1 水彩兽："水彩"，句中为形容词 wasserfarben，亦作 wasserfarbig，旧指高山湖泊水面呈现的蓝色调；今多指水彩颜料 (Wasserfarbe)，首句也可读作"一匹水色兽"（参看格林氏《德语大词典》）。结句"水彩皮毛"（wasserfarbenes Vlies）亦同。

2 骑着幻想：伯尔尼瑞士文学档案馆藏稿（Nachlaß Max Rychner）曾拟作 Sie reiten die Liebe［骑着爱情］。参看图宾根 TCA/MG 卷，前揭，第 28 页；《全集》HKA 本，第 2/3 卷，第 2 分册，前揭，第 166 页。

Die Herzen schleudern sie hoch, die moosigen Bälle des Wahnsinns:
o wasserfarbenes Vlies, unser Banner am Turm!

他们把心抛起，像长满苔藓的疯皮球：
啊，水彩毛皮，我们塔楼上的旗标！

Ein Knirschen von eisernen Schuhn ist im Kirschbaum.
Aus Helmen schäumt dir der Sommer. Der schwärzliche Kuckuck
malt mit demantenem Sporn sein Bild an die Tore des Himmels.

Barhaupt ragt aus dem Blattwerk der Reiter.
Im Schild trägt er dämmernd dein Lächeln,
genagelt ans stählerne Schweißtuch des Feindes.
Es ward ihm verheißen der Garten der Träumer,
und Speere hält er bereit, daß die Rose sich ranke...

Unbeschuht aber kommt durch die Luft, der am meisten dir gleichet:
eiserne Schuhe geschnallt an die schmächtigen Hände,
verschläft er die Schlacht und den Sommer. Die Kirsche blutet für ihn.

咯蹬一声

咯蹬一声樱桃树上铁鞋响。
夏日从你的尖盔里冒泡。那只黑布谷鸟
正用金刚爪在天门绘出它的肖像[1]。

骑士,光着头从树叶中跃出。
他迷迷糊糊用盾牌撑起你的笑容,
那笑声早已钉在敌人钢铁般的汗巾上。
给他许诺了梦者的花园,
他长矛已备好,可供玫瑰攀援……

可那人光脚从空气中来,模样儿最像你:
铁鞋系在纤弱的手上,他因贪睡
错过了战斗和夏天。樱桃为他喋血。

---

* 策兰布加勒斯特时期作品。今存打字稿及副本多份,均未标注年代。据策兰在其《骨灰瓮之沙》1948 年维也纳刊本手头点校本中追记,此诗 1946 年作于布加勒斯特。最初发表于维也纳前卫艺术批评杂志《计划》卷二第 6 期(1948 年 2 月)。
1 有注家以为,策兰将布谷鸟与天门放在一起,令人想到 Wolkenkuckucksheim[理想国]一词。参看芭芭拉·魏德曼-沃尔夫(Barbara Wiedemann-Wolf)著《从安切尔·保罗到保罗·策兰》(*Antschel Paul-Paul Celan. Stadien zum Frühwerk*),Niemeyer 出版社,图宾根,1985 年,第 203 页。译按:德文 Wolkenkuckucksheim 一词来源于古希腊喜剧家阿里斯托芬描绘的理想国"云中杜鹃城"(Νεφελοκοκκυγία),见于阿里斯托芬剧本《鸟》("Ορνιθες)。

DAS GASTMAHL

Geleert sei die Nacht aus den Flaschen im hohen Gebälk der Versuchung,
die Schwelle mit Zähnen gepflügt, vor Morgen der Jähzorn gesät:
es schießt wohl empor uns ein Moos noch, eh von der Mühle sie hier sind,
ein leises Getreide zu finden bei uns ihrem langsamen Rad...

Unter den giftigen Himmeln sind andere Halme wohl falber,
wird anders der Traum noch gemünzt als hier, wo wir würfeln um Lust,
als hier, wo getauscht wird im Dunkel Vergessen und Wunder,
wo alles nur gilt eine Stunde und schwelgend bespien wird von uns,
ins gierige Wasser der Fenster geschleudert in leuchtenden Truhen — :
es birst auf der Straße der Menschen, den Wolken zum Ruhm!

So hüllet euch denn in die Mäntel und steiget mit mir auf die Tische:
wie anders sei noch geschlafen als stehend, inmitten der Kelche ?
Wem trinken wir Träume noch zu, als dem langsamen Rad ?

盛宴

用高悬于樱的诱人之镈把黑夜喝干,
用牙犁掉门槛,天亮前播下怒火:
也许我们都已长出青苔,等不到磨坊来人,
拿我们那点儿麦子去慢慢地磨……

有毒的天空下,另一种麦穗也许更黄,
梦打成钱币,也跟我们在此掷骰作乐不一样,
胜过这里在黑暗中交换遗忘和奇迹,
这儿一切只值一小时,享用了就唾弃,
装进耀眼的箱子投入无餍的窗牖之水——
碎落在人的路上,给浮云增添光彩!

你们就穿上大衣跟我跳上桌子吧:
杯觥之间,除了站着睡觉还能如何?
为谁举杯饮梦,除了那悠悠之磨?

---

* 策兰布加勒斯特时期作品。今存打字稿及副本 7 份,均未标注写作年代。策兰在其《骨灰瓮之沙》1948 年维也纳刊本手头点校本中追记,此诗 1946 年(或 1947 年)作于布加勒斯特。最初发表于扬·卡雷伊安和维吉尔·叶伦卡 1947 年 5 月在布加勒斯特编辑出版的国际艺文丛刊《广场》。

DUNKLES AUG IM SEPTEMBER

Steinhaube Zeit. Und üppiger quellen
die Locken des Schmerzes ums Antlitz der Erde,
den trunkenen Apfel, gebräunt von dem Hauch
eines sündigen Spruches: schön und abhold dem Spiel,
das sie treiben im argen
Widerschein ihrer Zukunft.

Zum zweitenmal blüht die Kastanie:

九月里阴沉的眼

石帽纪年。更茂密的
痛苦鬈发流披于大地之貌,
这只醉苹果[1],被一句罪言的
口气熏黑了:美而不屑于那戏法,
施展在他们的未来
那凶险叵测的回光里。

栗树第二次开花[2]:

---

* 策兰布加勒斯特时期作品。今存1948年以后打字稿及副本5份,分别见于德国作家兼出版人路德维希·冯·菲克尔所存《骨灰瓮之沙》1950打字稿('*SU 1950*'),今藏因斯布鲁克大学布伦讷档案馆;奥地利女作家希尔德·施皮尔所存《骨灰瓮之沙》1950打字稿('*SU 1950*'),今藏维也纳奥地利文学档案馆;德国作家、吉本霍尔 & 维特施出版社审稿人罗尔夫·施罗斯所存《罂粟与记忆》1952年打字稿副本('*MuG 1952*'),藏明斯特德国国家档案馆(今北莱茵-威斯特法伦州立档案馆)。据策兰在其《骨灰瓮之沙》1948年维也纳刊本手头点校本中追记,此诗1946年秋作于布加勒斯特俄文书店(Red. Cartea Rusă)。译按:策兰1945秋至1947年11月在这家以翻译和出版俄文书为主的书店担任翻译和审稿员。

1 醉苹果:句中为第四格,作同位语,指"大地之貌"。
2 策兰在其《骨灰瓮之沙》1948年维也纳刊本手头点校本中写有简短附记:"秋:'第二次……'"当指此诗作于"秋天","栗树第二次开花"的时候。译按:这里提到的栗树,实为欧洲七叶树,又称马栗树(Roßkastanie),通常春夏开花,花白色。栗树在秋天开花(策兰称为"第二次开花")虽属反常,亦不鲜见。吉瑟尔·策兰-莱特朗奇1955年9月27日给策兰信就曾提到栗树在初秋时节开花的情形:"在苍白的太阳和布满大块灰色云朵的天空下,巴黎看起来很健康;深棕色而显得粗砺的栗树,开了我们喜欢的花,因而变得年轻了。"参看《保罗·策兰与吉瑟尔·策兰-莱特朗奇通信集》(*Paul Celan / Gisèle Celan-Lestrange, Correspondance*)卷I,Seuil出版社,巴黎,2001年,第81页。反常的花季,在策兰看来不合时宜,却另有一番意味。据早年女友伊兰娜·施缪丽回忆,策兰曾说过,栗树在秋天开花是"一种致命的疾病"。参看伊兰娜·施缪丽著《说吧,那就是耶路撒冷》(*Sag, dass Jerusalem ist*),伊泽勒出版社(Edition Isele),埃金根,2000年,第58页。

ein Zeichen der ärmlich entbrannten
Hoffnung auf Orions
baldige Rückkunft: der blinden
Freunde des Himmels sternklare Inbrunst
ruft ihn herauf.

Unverhüllt an den Toren des Traumes
streitet ein einsames Aug.
Was täglich geschieht,
Genügt ihm zu wissen:
am östlichen Fenster
erscheint ihm zur Nachtzeit die schmale
Wandergestalt des Gefühls.

Ins Naß ihres Auges tauchst du das Schwert.

可怜地燃起一线希望
期待俄里翁[1]
很快就归来:天国的
瞎子朋友们正以星光璀璨的热情
召他上去。

不加掩饰,在梦门一侧
一只孤独的眼在抗争。
每天发生的事,
够它了解的了:
在东窗
每到夜里就出现那又细又长
情感走茕茕的身影。

你把剑浸入她眼睛那泓秋水。

---

[1] 俄里翁:古希腊神话中的巨人和猎手,海神波塞冬之子,死后宙斯敛其尸而化作猎户座。传说他抵克奥斯岛(Chios)爱上当地国王俄诺皮翁之女墨罗珀公主,国王不信任这个年轻人,遂将其双目弄瞎。后来,双目失明的俄里翁得火神赫菲斯托斯指点,去找日神赫利俄斯求助。在他迎着东方旭日走去时,初升的太阳使他恢复了视力。

DER STEIN AUS DEM MEER

Das weiße Herz unsrer Welt, gewaltlos verloren wirs heut um
                        die Stunde des gilbenden Maisblatts:
ein runder Knäuel, so rollt' es uns leicht aus den Händen.
So blieb uns zu spinnen die neue, die rötliche Wolle des Schlafs
                        an der sandigen Grabstatt des Traumes:
ein Herz nicht mehr, doch das Haupthaar wohl des Steins aus der Tiefe,
der ärmliche Schmuck seiner Stirn, die sinnt über Muschel und Welle.

Vielleicht, daß am Tor jener Stadt in der Luft ihn erhöhet ein nächtli-
    cher Wille,
sein östliches Aug ihm erschließt überm Haus, wo wir liegen,
die Schwärze des Meers um den Mund und die Tulpen aus Holland im Haar.
Sie tragen ihm Lanzen voran, so trugen wir Traum, so entrollt' uns das weiße
Herz unsrer Welt. So wird ihm das krause
Gespinst um sein Haupt: eine seltsame Wolle,
an Herzens Statt schön.

O Pochen, das kam und das schwand! Im Endlichen wehen die Schl-eier.

海石

我们世界那颗洁白的心,非暴力的我们
　　　　失去了它,正当玉米叶黄了的时候:
一个线团,在我们手里轻易就绕成。
我们还得织新的,沙地梦塚睡眠的红羊毛[1]:
不再是一颗心,而是深渊之石的垂发,
额头的寒碜饰物,在贝壳和波涛之上沉思。

也许,这座城门有个黑夜的意志要把它升到空中,
让它睁开眼睛东望家宅,我们长眠之地,
嘴边大海黑茫茫,头上插着荷兰郁金香。
人们为它操戈上阵,一如昔日我们高举梦想,于是滚落出
我们世界那颗洁白的心。它头上
缠起了雾丝蛛网:一种奇怪的羊毛,
美丽地代替了心。

啊,心跳时来时去! 有限的事物里飘着面纱。

---

* 策兰早期作品,写作年代不详。今存 1948 年以后打字稿及副本 5 份。策兰在其《骨灰瓮之沙》1948 年维也纳刊本手头点校本中追记此诗"作于布加勒斯特",但未能确定具体日期。当作于 1945-1947 年间。
1 "我们还得织新的……"句,1950 年修订稿(ad AA8,39/'SU 1950')作 So blieb uns zu spinnen die neue, die rötliche Wolle des Traumes [我们还得织新的,梦之微微泛红的羊毛],缺中间一节文字。参看图宾根本 TCA / MG 卷,前揭,第 36 页。

ERINNERUNG AN FRANKREICH

Du denk mit mir: der Himmel von Paris, die große Herbstzeitlose...
Wir kauften Herzen bei den Blumenmädchen:
sie waren blau und blühten auf im Wasser.
Es fing zu regnen an in unserer Stube,
und unser Nachbar kam, Monsieur Le Songe, ein hager Männlein.
Wir spielten Karten, ich verlor die Augensterne;
du liehst dein Haar mir, ich verlors, er schlug uns nieder.
Er trat zur Tür hinaus, der Regen folgt' ihm.
Wir waren tot und konnten atmen.

法国之忆

跟我一起回忆吧:巴黎的天空,大秋水仙……
我们到卖花姑娘那儿买心:
心是蓝的,在水中绽放。
我们的房间里突然下起了雨,
莱松[1]先生来了,我们的邻居,一个瘦小男人。
我们玩牌,我输掉了眼珠;
你借给我头发,也输光了,他打败了我们。
他踏出门去,雨在后面追他。
我们死了却能呼吸。

---

* 此诗写作年代不详。今存手稿 2 份,分别见于英格褒·巴赫曼存稿和耶内夫妇存稿。巴赫曼存稿有"给英格褒·巴赫曼"题辞并注有"维也纳,1948 年"字样;耶内存稿亦题有"给埃德加·耶内"题辞,但下方则标注日期"1947 年 1 月 25 日,维也纳"。据策兰本人在其《骨灰瓮之沙》1948 年维也纳刊本手头点校本中追记,此诗或作于布加勒斯特,或作于切尔诺维茨,但未能确定具体年月。若此诗作于切尔诺维茨,则应是 1945 年 4 月策兰离开故乡切尔诺维茨之前的作品。按其内容,此诗或是一首忆旧之作,写作者 1938 年前往法国图尔医学院求学路过巴黎的一些情形。
1 莱松先生:Monsieur Le Songe,法语,意为"梦幻先生"。

CHANSON EINER DAME IM SCHATTEN

Wenn die Schweigsame kommt und die Tulpen köpft:
Wer gewinnt ?
      Wer verliert ?
            Wer tritt an das Fenster ?
Wer nennt ihren Namen zuerst ?

Es ist einer, der trägt mein Haar.
Er trägts wie man Tote trägt auf den Händen.
Er trägts wie der Himmel mein Haar trug im Jahr, da ich liebte.
Er trägt es aus Eitelkeit so.

Der gewinnt.
      Der verliert nicht.
            Der tritt nicht ans Fenster.
Der nennt ihren Namen nicht.

阴影中妇人歌

那不做声的人来剪郁金香:
谁赢?
　　谁输?
　　　　谁走向窗口?
谁先说出她的名字?

有个人带着我的头发。
他捧在手里如同捧着死人。
他举着它就像恋爱那年天空缀起我的发绺。
他带着它大概是出于虚荣。

这人会赢。
　　这人不会输。
　　　　这人不会走去窗口。
这人不说出她的名字。

————————
* 此诗写作年代不详。今存手稿、打字稿及副本共 6 份。策兰在其诗集《罂粟与记忆》第三版（1958 年）手头点校本（*Handexemplar MuG*）本中未能确定此诗的写作年代和地点，仅记"布（加勒斯特）? ／维也纳?"菲舍尔出版社（S. Fischer）1962 年"学生读本丛书"《保罗·策兰诗选》(*Paul Celan. Gedichte. Eine Auswahl*）此诗标注日期为"1947/1948 年"。又，此诗一份手迹见于策兰 1949 年 8 月寄给荷兰女歌唱家荻特·克鲁斯 - 巴伦德尔格特（Diet Kloos-Barebdregt）的一封书信。信中曰："寄上《阴影中妇人歌》，以免这期间你完全忘了我。"参看《"你也要试着听一听寂静者"——保罗·策兰致荻特·克鲁斯 - 巴伦德尔格特书信集》（*Paul Celan, »Du mußt versuchen, auch den Schweigenden zu hören«, Briefe an Diet Kloos-Barendregt*），保罗·萨斯（Paul Sars）编，Suhrkamp 出版社，法兰克福，2002 年，第 24-27 页，第 65-67 页。

Es ist einer, der hat meine Augen.
Er hat sie, seit Tore sich schließen.
Er trägt sie am Finger wie Ringe.
Kr trägt sie wie Scherben vun Lust und Saphir:
Er war schon mein Bruder im Herbst;
er zählt schon die Tage und Nächte.

Der gewinnt.
      Der verliert nicht.
            Der tritt nicht ans Fenster.
Der nennt ihren Namen zuletzt.

Es ist einer, der hat, was ich sagte.
Er trägts unterm Arm wie ein Bündel.
Er trägts wie die Uhr ihre schlechteste Stunde.
Er trägt es von Schwelle zu Schwelle, er wirft es nicht fort.

Der gewinnt nicht.
      Der verliert.
            Der tritt an das Fenster.
Der nennt ihren Namen zuerst.

Der wird mit den Tulpen geköpft.

有个人拥有我的眼睛。
自从大门关闭,他就有了。
他像戴戒指戴在手上。
他戴着它就像戴情欲和蓝宝石的残片:
他曾经是我秋天的兄弟;
如今他已在数黑夜和白天。

这人会赢。
　　　这人不会输。
　　　　　　这人不会走去窗口。
这人最后一个说出她的名字。

有个人拥有我说过的话。
他夹在腋下就像夹一包东西;
他携着它如同钟表携带最坏的钟点。
他携着它从门槛到门槛,从不扔掉。

这人不会赢。
　　这人要输。
　　　　这人要走去窗口。
这人第一个说出她的名字。

这人会和郁金香一起被削去脑袋。

NACHTSTRAHL

Am lichtesten brannte das Haar meiner Abendgeliebten:
ihr schick ich den Sarg aus dem leichtesten Holz.
Er ist wellenumwogt wie das Bett unsrer Träume in Rom;
er trägt eine weiße Perücke wie ich und spricht heiser:
er redet wie ich, wenn ich Einlaß gewähre den Herzen.
Er weiß ein französisches Lied von der Liebe, das sang ich im Herbst,
als ich weilte auf Reisen in Spätland und Briefe schrieb an den Morgen.

Ein schöner Kahn ist der Sarg, geschnitzt im Gehölz der Gefühle.
Auch ich fuhr blutabwärts mit ihm, als ich jünger war als dein Aug.
Nun bist du jung wie ein toter Vogel im Märzschnee,
nun kommt er zu dir und singt sein französisches Lied.
Ihr seid leicht: ihr schlaft meinen Frühling zu Ende.
Ich bin leichter:
ich singe vor Fremden.

夜光

我的夜情人头发燃起来最明亮:
我送她最轻的木做的棺椁。
它波涛起伏像我们在罗马的梦床[1];
它跟我一样戴白色假发,说话嗓音沙哑:
它谈吐像我,当我允许心儿出场。
它会一首法国情歌,我曾在秋天唱起它,
当我羁旅向晚之国并给黎明写信[2]。

好漂亮的一条船,小棺椁,情感之木凿成。
我曾在血流中划着它,那时我比你的眼睛还年轻。
如今你年纪轻轻像只死去的鸟在三月雪中,
如今他朝你走来唱着那支法国情歌。
你们多轻啊:你们要把我的春天睡到尽头。
我更轻:
我在异乡人面前唱歌。

---

* 策兰维也纳时期作品。今存打字稿及副本 3 份,均未标注写作年代。据其本人在《骨灰瓮之沙》1948 年维也纳刊本手头点校本中追记,此诗 1948 年作于维也纳。最初发表于海德堡人文月刊《变革》(*Die Wandlung*)第三期(1949 年 3 月)。
1 写这首诗时策兰并未到过罗马。他第一次去罗马是在 1964 年。
2 向晚之国:原文 Spätland, Abendland [西方] 的又一说法。羁旅:策兰 1947 年最终离开故乡之前,曾于 1938 至 1939 年在法国中西部图尔医学院读书,因第二次世界大战爆发而中途缀学。"羁旅向晚之国并给黎明写信" 犹言旅居西欧往东欧写信,亦含危难时刻寄书向家乡亲人问安之心境。

DIE JAHRE VON DIR ZU MIR

Wieder wellt sich dein Haar, wenn ich wein. Mit dem Blau deiner Augen
deckst du den Tisch unsrer Liebe: ein Bett zwischen Sommer und Herbst.
Wir trinken, was einer gebraut, der nicht ich war, noch du, noch ein dritter:
wir schlürfen ein Leeres und Letztes.

Wir sehen uns zu in den Spiegeln der Tiefsee und reichen uns rascher die Speisen:
die Nacht ist die Nacht, sie beginnt mit dem Morgen,
sie legt mich zu dir.

岁月从你到我

在我流泪时,你头发又扬波。以你眼睛那片蓝
你为我们摆下爱的餐桌:一张床,在夏秋之间。
我们对酌,不是我,不是你,也不是某个第三者酿造的:
我们呷饮一杯空无和残余。

我们相望于深海的镜子[1]并把酒菜更快地递给对方:
夜就是夜,它和黎明一同降临,
把我安顿在你身边。

---

* 策兰维也纳时期作品。今存手稿1份,见于原慕尼黑大学德语文学教授罗歇·鲍尔存稿(Besitz Roger Bauer),另有打字稿及打字副本多份,均未标注年代。HKA本第11卷另辑有一份手稿,见于耶内氏存稿(Jené/Slg. Felstiner),此稿正文上方有一行划去的字句:Dein Antlitz komme〖愿你容貌常来常往〗,疑是初拟标题(参看HKA本,第11卷,前揭,第143-144页)。策兰在其《骨灰瓮之沙》1948年维也纳刊本手头点校本中追记,此诗1948年作于维也纳。
1 深海的镜子: Spiegel der Tiefsee,此处似言记忆之镜。又策兰曾在别处借"深海之镜"隐喻事物的表象,惟有打破一平如镜的表象,才能进入深处。参看策兰1948年艺评文章《埃德加·耶内和梦中之梦》(*Edgar Jené und der Traum vom Traume*)开头段落:"我要说几句我在深海里听见的话,有那么多东西在那里寂静了,又有那么多东西在那里发生了。我曾经在现实的墙壁及其抗辩中打开一道缺口,站在深海之镜面前。我站立良久,直到这面镜子破碎,才得以进入内心世界那巨大的水晶。"在同一篇文章里,策兰建议人们"不要离开深处,而是要不断与暗流保持对话"。详见《保罗·策兰全集》五卷本,第三卷,Suhrkamp出版社,法兰克福,1983年,第155页。

LOB DER FERNE

Im Quell deiner Augen
leben die Garne der Fischer der Irrsee.
Im Quell deiner Augen
hält das Meer sein Versprechen.

Hier werf ich,
ein Herz, das geweilt unter Menschen,
die Kleider von mir und den Glanz eines Schwures:

Schwärzer im Schwarz, bin ich nackter.
Abtrünnig erst bin ich treu.
Ich bin du, wenn ich ich bin.

Im Quell deiner Augen
treib ich und träume von Raub.

Ein Garn fing ein Garn ein:

远颂

你眼睛的泉水里
生活着疯海打鱼人的网。
你眼睛的泉水里
大海信守它的诺言。

我在此投下,¹
一颗在人间逗留过的心,
我的衣裳和一个誓言的光泽:

黑中更黑,我更裸。
只有背叛我才是真。
我是我时,我就是你。

你眼睛的泉水里
我漂流并梦见打劫²。

一网拉住了一网:

---

* 策兰早期名篇。今存打字稿及副本 4 份,均未标写年代。据策兰在其《骨灰瓮之沙》1948 年维也纳刊本手头点校本中追记,此诗 1948 年作于维也纳。最初发表于埃德加·耶内和马克斯·赫尔泽主编的《超现实主义丛刊》(*Surrealistische Publikationen*)第一期,海德出版社(Verlag Josef Haid),Klagenfurt,1950 年 4 月。

1 1950 年《超现实主义丛刊》刊本此句无逗号。
2 1950 年《超现实主义丛刊》刊本此句作 treib ich, ein Tang, der von Raub träumt[我漂流着,一根梦见打劫的海草]。参看图宾根本 TCA/MG 卷,前揭,第 46 页;《全集》HKA 本,第 2/3 卷,第 2 分册,前揭,第 188 页。

wir scheiden umschlungen.

Im Quell deiner Augen
erwürgt ein Gehenkter den Strang.

我们拥抱着分离。

你眼睛的泉水里
有个吊死鬼掐死了绳索。

DAS GANZE LEBEN

Die Sonnen des Halbschlafs sind blau wie dein Haar eine Stunde vor Morgen.
Auch sie wachsen rasch wie das Gras überm Grab eines Vogels.
Auch sie lockt das Spiel, das wir spielten als Traum auf den Schiffen der Lust.
Am Kreidefelsen der Zeit begegnen auch ihnen die Dolche.

Die Sonnen des Tiefschlafs sind blauer : so war deine Locke nur einmal:
Ich weilt als ein Nachtwind im käuflichen Schoß deiner Schwester;
dein Haar hing im Baum über uns, doch warst du nicht da.
Wir waren die Welt, und du warst ein Gesträuch vor den Toren.

Die Sonnen des Todes sind weiß wie das Haar unsres Kindes:
es stieg aus der Flut, als du aufschlugst ein Zelt auf der Düne.
Es zückte das Messer des Glücks über uns mit erloschenen Augen.

一生

半睡半醒的太阳蓝得像你天亮前一小时的头发。
也像野草萋萋长在一只鸟的坟头。
我们玩过的游戏也逗引了它,如同游乐船上的梦。
匕首也和它窄路相逢,在时间的白垩崖。

沉睡的太阳更蓝:所以你的鬈发只一次:
我曾像夜风流连在你姊妹卖春的怀抱;
你的头发挂在我们头顶的树上,可你人已不在。
我们曾经是世界,而你是门前一蓬草。

死亡的太阳苍白得像我们孩子的头发:
他曾从潮水浮上来,当你在沙丘搭起一座帐篷。
他冲着我们拔出那把目光熄灭了的幸福刀[1]。

---

* 策兰布加勒斯特时期作品。今存手稿 1 份,见于罗歇·鲍尔藏稿(Besitz Roger Bauer),未标注年代;另有打字稿及副本多份,其中露特所存抄件(Besitz RK)下方标有日期"46 年 12 月 28 日",可确定此诗作于 1946 年。另据策兰在其《骨灰瓮之沙》1948 年维也纳刊本手头点校本中追记,此诗 1946 年或 1947 年作于布加勒斯特。1948 年 2 月首次发表于维也纳前卫艺术批评杂志《计划》卷二第 6 期。据奥托·波格勒(Otto Pöggeler)的看法,此诗在某种意义上是策兰告别家乡切尔诺维茨和告别布加勒斯特岁月的辞乡诗。参看波格勒著《词语之迹》(*Spur des Worts. Zur Lyrik Paul Celans*),Karl Alber 出版社,弗赖堡/慕尼黑,1986 年,第 359 页。

[1] 露特抄本此句作 Es zückte das Messer des Glücks über uns mit geschlossenem Auge[他向着我们拔出那把眼睛早已合闭的幸福刀]。参看《全集》HKA 本,第 2/3 卷,第 2 分册,前揭,第 190 页。

SPÄT UND TIEF

Boshaft wie goldene Rede beginnt diese Nacht.

Wir essen die Äpfel der Stummen.

Wir tuen ein Werk, das man gern seinem Stern überläßt;

wir stehen im Herbst unsrer Linden als sinnendes Fahnenrot,

als brennende Gäste vom Süden.

晚和深

这恶如金言[1]的夜开始了。
我们吃哑巴的苹果。
我们做别人通常托给星星的事;
我们站在椴树的秋天如心旌之红,
如南方火热的客人。

---

* 策兰维也纳时期作品。今存打字稿及副本共 6 份。据策兰在其《骨灰瓮之沙》1948 年维也纳刊本手头点校本中追记,此诗"1948 年春作于维也纳／玛利亚希尔夫大街"。另据奥地利文学研究者丹妮拉·施特里格尔(Daniela Strigl)的一个更详细的说法,策兰此诗 1948 年 4 月 20 日作于维也纳玛利亚希尔夫大街毕哥拉咖啡馆(Casa Piccola),参看《"逃亡者"——保罗·策兰在维也纳(1947-1948)》("Displaced". Paul Celan in Wien, 1947/1948),Suhrkamp 出版社与维也纳犹太博物馆联合出版,2001 年,法兰克福,第 92 页。译按: 玛利亚希尔夫大街(Mariahilfer Straße)是维也纳市中心的一条主街道,位于该大街 1b 号的毕哥拉咖啡馆是战后艺术家聚集的场所。又此诗初刊于维也纳版诗集《骨灰瓮之沙》(未发行),题为 *Deukalion und Pyrrha*〔《丢卡利翁和皮拉》〕。丢卡利翁和皮拉系希腊神话传说中大洪水时代仅存的一对男女,漂泊至帕那索斯山得神示: 为使人类延续,夫妻俩须把母亲的骨头越肩抛向身后。丢卡利翁立刻领悟: 大地乃母亲,地上的石头就是母亲的骨头。于是,丢卡利翁投掷的石头变成了男人,皮拉投掷的石头变成了女人。人类因得以繁衍再生。

1 金言: goldene Rede,出处不详。金言犹恶,当取反讽义。此语在诗中未作专名引用,究其寓意似可参酌两处来源。其一,基督教早期教父、正教君士坦丁堡牧首约翰·屈梭多模(Johnnes Chrysostomos,349-407)擅长布道,被后世称为"金口"(其希腊文名字 Ἰωάννης ὁ Χρυσόστομος 意为"金口约翰"),惟其众多撰述中有八篇从基督教神学传统讨伐犹太教的"反犹宣道文"(*Adversus Judaeos*);参看马丁·瓦尔拉夫(Martin Wallraff)、鲁道夫·布兰德尔(Rudolf Brändle)编著《1600 年来的屈梭多模形象。史上一位教父影响力的方方面面》(*Chrysostomosbilder in 1600 Jahren. Facetten der Wirkungsgeschichte eines Kirchenvaters*),Walter de Gruyter 出版社,柏林,2008 年,第 235-254 页。其二,英国"贤明女王"伊丽莎白一世在其逝世前一年(1601 年)曾在国会发表著名讲演《为王之道》(*To be a king*),因是女王最后一次国会讲演,世称"黄金演说"(Golden Speech)。

Wir schwören bei Christus dem Neuen, den Staub zu vermählen dem
   Staube,
die Vögel dem wandernden Schuh,
unser Herz einer Stiege im Wasser.
Wir schwören der Welt die heiligen Schwüre des Sandes,
wir schwören sie gern,
wir schwören sie laut von den Dächern des traumlosen Schlafes
und schwenken das Weißhaar der Zeit...

Sie rufen : Ihr lästert !

Wir wissen es längst.
Wir wissen es längst, doch was tuts ?
Ihr mahlt in den Mühlen des Todes das weiße Mehl der Verheißung,
ihr setzet es vor unsern Brüdern und Schwestern —

Wir schwenken das Weißhaar der Zeit.

我们指新基督起誓¹，尘土娶尘土，

飞鸟嫁给流浪的靴子，

我们的心许给一座水中梯。

我们向世界发出沙子的神圣誓言，

我们愿意起誓，

我们从长眠无梦的屋顶高声起誓

并摇着时间的白发……

他们叫道：你们这是亵渎！

我们早知道。

我们早知道，又如何？

你们从死亡磨坊²磨出那"约言"白面，

送到我们的兄弟姐妹面前——

我们摇着时间的白发。

---

1 新基督：参看策兰1950年代末读德国马克思主义哲学家恩斯特·布洛赫《希望的原则》（*Das Prinzip Hoffnung*）一书（1959年法兰克福版，Suhrkamp出版社）第53章（论宗教神秘性中的人性投入）写下的一则眉批："在那些生命力长久的犹太圣人那里，如同波斯人的救世论一样，[这类事物]还在继续起作用：对灵的弥赛亚之信仰，另一方面也含有对自身尚未显现之物的信仰"；"试比较'我们指新基督起誓' / 1948年维也纳"。译按：眉批中"试比较"以下所引诗句，指的即是作者本人1948年在维也纳完成的《晚和深》一诗。参看亚历山德拉·里希特（Alexandra Richter）等人主编《保罗·策兰的哲学书架》（*La bibliothèque philosophique de Paul Celan*），乌尔姆街 / 巴黎高等师范学院出版社（Éditions Rue d'Ulm / Presses de l'École normale supérieure），2004年，第329页。

2 死亡磨坊（Mühlen des Todes）：指纳粹集中营，亦称"死亡营"。1961年5月9日策兰曾就"高尔事件"致函柏林艺术学院院士瓦尔特·延斯，信中谈到"死亡磨坊"一词的由来："这里也提到（怎么说呢）某种具体的东西：这个词在战后所有的报纸上都能读到——Todesmühlen（死亡磨坊），奥斯威辛，特雷布林卡，等等。在这里，我是用诗的形式并通过诗——也就是有意识的回忆！——来回顾事情的：不仅仅出自语境，更来自《丢卡利翁和皮拉》或《深和晚》这两个标题。"参看芭芭拉·魏德曼编《保罗·策兰与高尔事件真相》（*Paul Celan – Die Goll-Affäre. Dokumente zu einer 'Infamie'*），Suhrkamp出版社，法兰克福，2000年，第372-373页相关注释。

Ihr mahnt uns: Ihr lästert!
Wir wissen es wohl,
es komme die Schuld über uns.
Es komme die Schuld über uns aller warnenden Zeichen,
es komme das gurgelnde Meer,
der geharnischte Windstoß der Umkehr,
der mitternächtige Tag,
es komme, was niemals noch war!

Es komme ein Mensch aus dem Grabe.

你们告诫:那是亵渎!
我们全知道,
我们迟早罪孽加身。
让所有诫罚之兆降罪于我们吧,
来吧滔天大海,
披甲上阵的回风,
夜半日出,
来吧,从未有过的一切!

让一个人从坟墓里走出来[1]。

---

[1] 露特存稿(AA 2.2,64,Besitz RK)及 1948 年维也纳本此句均作 Es komme der Mensch mit der Nelke[让带着石楠花的人来吧]。菲克尔藏稿《骨灰瓮之沙》1950 年修订稿打字本('*SU 1950*' Ts, Bl.45, Ficker)此句作 Es komme ein Mensch und noch einer.[来一个人吧,哪怕就一个。]参看图宾根本 TCA/MG 卷,前揭,第 50 页;《全集》HKA 本,第 2/3 卷,第 2 分册,前揭,第 193 页。

CORONA

Aus der Hand frißt der Herbst mir sein Blatt: wir sind Freunde.
Wir schälen die Zeit aus den Nüssen und lehren sie gehn:
die Zeit kehrt zurück in die Schale.

Im Spiegel ist Sonntag,
im Traum wird geschlafen,
der Mund redet wahr.

Mein Aug steigt hinab zum Geschlecht der Geliebten:
wir sehen uns an,
wir sagen uns Dunkles,
wir lieben einander wie Mohn und Gedächtnis,
wir schlafen wie Wein in den Muscheln,
wie das Meer im Blutstrahl des Mondes.

Wir stehen umschlungen im Fenster, sie sehen uns zu von der Straße:

CORONA

秋天从我手里吃叶子：我们是朋友。
我们从坚果里剥出时间教它走路：
时间缩回壳里。

镜中是礼拜日，
人睡入梦乡，
嘴巴吐真言。

我的目光落向爱人的性：
我们彼此相望，
我们说些黑暗的事，
我们相爱如罂粟和记忆，
我们睡了像螺壳里的酒，
像海，在月亮的血色光芒里 [1]。

我们相拥于窗前，路人从街上看我们：

---

* 策兰维也纳时期作品。今存手稿 1 份，见于耶内氏存稿（Besitz Edgar und Erika Jenés），今由约翰·费尔斯蒂纳收藏（Slg. John Felstiner）；另有打字稿及副本多份。据策兰在其《骨灰瓮之沙》1948 年维也纳刊本手头点校本中追记，此诗 1948 年作于维也纳。最初发表于海德堡《变革》月刊 1949 年 3 月号。译按：诗题 Corona，此词源于古希腊文 κορώνη，原义"花环"，拉丁文语义"花冠"，亦借指"光环"，转义指"荣耀"；天文学上指"日冕"，宗教艺术上指圣像头上的"光晕"，音乐上指延长符。考虑到此词的多义性，中译本保留诗题原文。

1 耶内氏存稿此句曾拟作 wie Gift in den ［Bechern］Mündern der Kinder［像孩子们〖杯中〗嘴里的毒药］。参看《全集》HKA 本，第 2/3 卷，第 2 分册，前揭，第 196 页；图宾根本 TCA／MG 卷，Suhrkamp 出版社，前揭，第 52 页。

es ist Zeit, daß man weiß!
Es ist Zeit, daß der Stein sich zu blühen bequemt,
daß der Unrast ein Herz schlägt.
Es ist Zeit, daß es Zeit wird.

Es ist Zeit.

是时候了,该让人知道了!
是时候了,石头终于要开花了,
心跳得不宁了。
是该到时候的时候了。

是时候了。

死亡赋格
TODESFUGE

策兰《死亡赋格》打字稿之一（获特·克鲁斯-巴伦德尔格特藏件）

```
stecht tiefer die Spaten ihr einen ihr andern spielt weiter
                        zum Tanz auf

Schwarze Milch der Frühe wir trinken dich nachts
wir trinken dich mittags und morgens wir trinken dich abends
wir trinken und trinken
ein Mann wohnt im Haus dein goldenes Haar Margarete
dein aschenes Haar Sulamith er spielt mit den Schlangen


Er ruft spielt süsser den Tod der Tod ist ein Meister aus
                        Deutschland
er ruft streicht dunkler die Geigen dann steigt ihr als
                        Rauch in die Luft
dann habt ihr ein Grab in den Wolken da liegt man nicht eng


Schwarze Milch der Frühe wir trinken dich nachts
wir trinken dich mittags der Tod ist ein Meister aus
                        Deutschland
wir trinken dich abends und morgens wir trinken und trinken
der Tod ist ein Meister aus Deutschland sein Auge ist blau
er trifft dich mit bleierner Kugel er trifft dich genau
ein Mann wohnt im Haus dein goldenes Haar Margarete
er hetzt seine Rüden auf uns er schenkt uns ein Grab in der
                        Luft
er spielt mit den Schlangen und träumet der Tod ist ein
                        Meister aus Deutschland


dein goldenes Haar Margarete
dein aschenes Haar Sulamith
```

策兰《死亡赋格》打字稿之二（获特·克鲁斯－巴伦德尔格特藏件）

Schwarze Milch der Frühe wir trinken sie abends
wir trinken sie mittags und morgens wir trinken sie nachts
wir trinken und trinken
wir schaufeln ein Grab in den Lüften da liegt man nicht eng
Ein Mann wohnt im Haus der spielt mit den Schlangen der schreibt

死亡赋格

清晨的黑奶[1] 我们晚上喝

我们中午喝早上喝我们夜里喝

我们喝呀喝呀

在空中掘个坟墓躺下不拥挤

有个男人住在屋里他玩蛇写字[2]

---

* 策兰代表作，1945 年 5 月作于布加勒斯特。今存 1948 年以前打字稿和副本共 4 份，分别见于布加勒斯罗马尼亚文学博物馆藏马古－施佩伯存稿、马尔巴赫德意志文学档案馆藏露特·克拉夫特存稿、原慕尼黑大学德语文学教授罗歇·鲍尔藏稿；另有 1949 年以后寄给私人的多份打字稿或副本。据策兰在其《骨灰瓮之沙》1948 年维也纳刊本手头点校本中追记，此诗"1945 年作于布加勒斯特"。另据《保罗·策兰作品集》图宾根考订本引述策兰 1960 年一个更具体的说法，"我应该还记得，1945 年 5 月我写作《死亡赋格》一诗时，我在《消息报》（*Izvestia*）上已经读到有关伦贝格犹太隔离区（Lemberger Ghetto）的报告——／一次就够你猜测的了。——这个问题，伴随着其它很多问题，一再前来纠缠着我，所以说 // 这首诗是一个回溯。"参看 TCA／MG 卷，第 59 页；TCA/Meridian 卷，第 131 页。译按：伦贝格系乌克兰西部城市利沃夫（Львів）的德文名称，1941 年纳粹德国军队进入该城后，屠杀犹太人并建立犹太隔离区。据统计资料，当时利沃夫市的犹太居民有 12 万人，陆续被送往波兰等地的纳粹集中营，至 1944 年 7 月苏军进入这座城市时，利沃夫犹太隔离区的幸存者只剩两三百人。此诗初稿题为《死亡探戈》(*Todestango*），最早由诗人的朋友彼得·所罗门（Peter Solomon）译成罗马尼亚文，发表于 1947 年 5 月 2 日出刊的布加勒斯特《当代》(*Contemporanul*）杂志；1948 年编入诗集《骨灰瓮之沙》时，以今标题《死亡赋格》首次发表德文原著（维也纳，A.Sexl 出版社）；1952 年 6 月 10 日在德国《新文学界》(*Neue literarische Welt*）杂志再度发表德文原著。

1　参看策兰《子午线》（毕希纳奖受奖词）草稿："清晨的黑奶：根本不是那种属格隐喻（Genitvmetapher），如同那些所谓的批评家把它安在我们头上那样，再也不用走进诗歌了；这不是修辞格，更不是逆喻，而是事实。属格隐喻＝否定，一种内心苦楚之下的词语互生物。"（参看 TCA/M，第 158 页）

2　**玩蛇**：据策兰 1950 年代末为解释《死亡赋格》中某些特殊意象而做的笔记，诗中"蛇"与"头发"是同一个隐喻："发生之事的意义填充了两者／发辫——蛇"（详见《细晶石，小石头——保罗·策兰散文遗稿》，Suhrkamp 出版社，前揭，第 109 页）。1961 年 5 月 19 日策兰致德国作家、柏林艺术院院士瓦尔特·延斯的信中亦有更详细的解释："蛇（Ophis, Nachasch, 等等）——毫无疑问，我们在此打交道的是某种原型的东西。（在古人那里——常常如此，必须做好玩蛇的准备……）亲爱的（*转下页注*）

der schreibt wenn es dunkelt nach Deutschland dein goldenes Haar
    Margarete
er schreibt es und tritt vor das Haus und es blitzen die Sterne er pfeift
    seine Rüden herbei
er pfeift seine Juden hervor läßt schaufeln ein Grab in der Erde
er befiehlt uns spielt auf nun zum Tanz

Schwarze Milch der Frühe wir trinken dich nachts
wir trinken dich morgens und mittags wir trinken dich abends
wir trinken und trinken
Ein Mann wohnt im Haus der spielt mit den Schlangen der schreibt
der schreibt wenn es dunkelt nach Deutschland dein goldenes Haar
    Margarete
Dein aschenes Haar Sulamith wir schaufeln ein Grab in den Lüften da
    liegt man nicht eng

Er ruft stecht tiefer ins Erdreich ihr einen ihr andern singet und spielt
er greift nach dem Eisen im Gurt er schwingts seine Augen sind blau

他写当夜幕降临到德国你的金发啊玛格丽特
写完他步出门外满天星光他打呼哨唤来他的狼狗
他吹口哨叫来他的犹太人在地上挖个坟墓
他命令我们当场奏乐跳舞

清晨的黑奶我们夜里喝你
我们早上喝你中午喝你晚上也喝你
我们喝呀喝呀
有个男人住那屋里他玩蛇写字
他写当夜幕降临到德国你的金发玛格丽特
你的灰发苏拉密[1]我们在空中掘个坟墓躺下不拥挤

他吆喝你们这边的挖深一点那边的唱歌奏乐
他拔出腰带上的铁家伙挥舞着他的眼睛是蓝色的

（接上页注）瓦尔特·延斯，您瞧，在《死亡赋格》里，并不是'死神'在玩蛇——而是'屋里的人'在玩蛇，而这玩蛇的人还写下'你的金发，玛格丽特'这样的词句。这里，瓦尔特·延斯，恰恰直接靠近了原型……原型之转化：头发（甚至在甘泪卿的形象中，人们也会想到发辫）常常转化成蛇（在童话和神话中）。"转引自芭芭拉·魏德曼编《保罗·策兰与高尔事件真相》，Suhrkamp 出版社，前揭，第 533 页。译按：策兰信中提到的 Ophis 系希腊文"Οφις［蛇］的拉丁化转写，今天文学上亦指蛇夫座（Ophiuchus）；Nachasch 则是圣经中引诱亚当和夏娃偷吃伊甸园智慧树禁果的古蛇（参看圣经旧约《创世记》3:1-13）；甘泪卿（Gretchen），歌德在其诗剧巨著《浮士德》中塑造的"永恒女性"。

[1] 苏拉密：Sulamith，犹太女子名，希伯来语义为"温和的，和平的"；见于圣经旧约《雅歌》（联合圣经公会译本译作"书拉密"）。1960 年策兰为毕希纳奖受奖词《子午线》准备的资料中，对"苏拉密"这个名字的来源有所解释："在对《死亡赋格》一诗的某种'好意的'评论中，德国中学生都知道，Sulamith 是来自巴尔干等地区的一个名字——/ Sulamith 也是圣经《雅歌》中的一个人名。"转引自图宾根本 TCA/MG 卷，Suhrkamp 出版社，前揭，第 56 页。译按：《雅歌》中的书拉密女，系古犹太国所罗门王钟爱的新妇，但其头发并非灰色，而是紫黑色。歌中云："你头上的发是紫黑色"；又说"你的头发如同山羊群卧在基列山旁"（详见《雅歌》4:1, 6:5, 7:5）。诗中另一名字 Margarete（玛格丽特）系德国女子常用名。策兰用苏拉密的灰发与玛格丽特的金发做对比，"灰发"（aschenes Haar）的"灰"用的是 aschen 一词，此形容词通常释义"灰烬般的"，亦指"灰色的"；策兰显然更强调前一语义。

stecht tiefer die Spaten ihr einen ihr andern spielt weiter zum Tanz auf

Schwarze Milch der Frühe wir trinken dich nachts
wir trinken dich mittags und morgens wir trinken dich abends
wir trinken und trinken
ein Mann wohnt im Haus dein goldenes Haar Margarete
dein aschenes Haar Sulamith er spielt mit den Schlangen

Er ruft spielt süßer den Tod der Tod ist ein Meister aus Deutschland
er ruft streicht dunkler die Geigen dann steigt ihr als Rauch in die Luft
dann habt ihr ein Grab in den Wolken da liegt man nicht eng

Schwarze Milch der Frühe wir trinken dich nachts
wir trinken dich mittags der Tod ist ein Meister aus Deutschland
wir trinken dich abends und morgens wir trinken und trinken
der Tod ist ein Meister aus Deutschland sein Auge ist blau
er trifft dich mit bleierner Kugel er trifft dich genau
ein Mann wohnt im Haus dein goldenes Haar Margarete
er hetzt seine Rüden auf uns er schenkt uns ein Grab in der Luft
er spielt mit den Schlangen und träumet der Tod ist ein Meister aus
   Deutschland

dein goldenes Haar Margarete
dein aschenes Haar Sulamith

你们铁锹下深一点其他人继续奏乐跳舞

清晨的黑奶我们夜里喝你
我们早上喝你中午喝你晚上喝你
我们喝呀喝呀
有个男人住那屋里你的金发玛格丽特
你的灰发苏拉密他在玩蛇

他喊死亡要演奏得甜蜜些死神是来自德国的大师
他大叫提琴拉得再低沉些你们全都化作烟雾升天
在云中你们就有一座坟墓躺下不拥挤

清晨的黑奶我们夜里喝你
我们中午喝你死神是来自德国的大师
我们晚上喝你早上喝你喝了又喝
死神是来自德国的大师他的眼睛是蓝色的
他用铅弹打你打得很准
有个男人住那屋里你的金发玛格丽特
他放狼狗朝我们扑来他送我们一座空中坟墓
他玩蛇他做梦死神是来自德国的大师

你的金发啊玛格丽特
你的灰发苏拉密

逆光
GEGENLICHT

AUF REISEN

Es ist eine Stunde, die macht dir den Staub zum Gefolge,
dein Haus in Paris zur Opferstatt deiner Hände,
dein schwarzes Aug zum schwärzesten Auge.

Es ist ein Gehöft, da hält ein Gespann für dein Herz.
Dein Haar möchte wehn, wenn du fährst – das ist ihm verboten.
Die bleiben und winken, wissen es nicht.

旅途上

有一个时辰,它使尘土成了你的随从,
你在巴黎的家成了你双手的祭坛,
你的黑眼睛变成最黑的眼睛。

有一座农庄,给你的心备了一套车马。
当你上路,头发想飞起来——那是不允许的。
留下并挥手作别的人,不知。

---

* 策兰维也纳时期作品。今存手稿、打字稿及副本多份。推定最早的一份手稿(IB-ÖNB Bl.13)为英格褒·巴赫曼所存,今藏奥地利国家图书馆。据策兰在其《骨灰瓮之沙》1948 年维也纳刊本手头点校本中追记,此诗"1948 年(启程前)作于维也纳"。译按:策兰 1948 年 6 月底从维也纳动身,取道因斯布鲁克前往法国。按其追记"启程前",此诗当是他离开奥地利前夕的作品。策兰取道因斯布鲁克,是专程去拜谒诗人格奥尔格·特拉克尔墓。1948 年 6 月 6 日策兰从因斯布鲁克寄给露特·拉克纳的信里写道:"昨天,我去了米赫芳公墓,特拉克尔就葬在那里。我带去一束花〔……〕,路上又折了一根柳枝,替你敬献于他的坟头。"转引自夏尔芬著《保罗·策兰青年时代传记》(*Paul Celan, Eine Biographie seiner Jugend*),Insel 出版社,法兰克福,1979 年,第 155 页。另,布加勒斯特罗马尼亚文学博物馆藏有策兰同年 6 月底寄给阿尔弗雷德·马古—施佩伯的一张明信片,明信片上的信文就是《旅途上》这首诗,落款日期为:Innsbruck, den 28. Juni 1948〔1948 年 6 月 28 日,因斯布鲁克〕。从日期来看,这张明信片手迹当是此诗最早的手稿之一。明信片在因斯布鲁克未寄出,而是到了巴黎后才寄出(邮戳日期 1948 年 9 月 10 日)。此诗写旅途和诀别,当是作者告别奥地利之作。最初发表于海德堡人文期刊《变革》1949 年 3 月号。

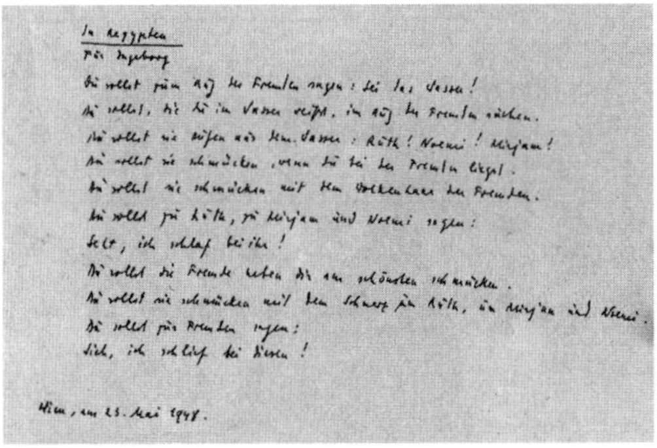

策兰1948年题赠给英格褒·巴赫曼的诗《在埃及》手稿，今藏奥地利国家图书馆

IN ÄGYPTEN

Du sollst zum Aug der Fremden sagen: Sei das Wasser.
Du sollst, die du im Wasser weißt, im Aug der Fremden suchen.
Du sollst sie rufen aus dem Wasser: Ruth! Noëmi! Mirjam!
Du sollst sie schmücken, wenn du bei der Fremden liegst.
Du sollst sie schmücken mit dem Wolkenhaar der Fremden.
Du sollst zu Ruth und Mirjam und Noëmi sagen:
Seht, ich schlaf bei ihr!
Du sollst die Fremde neben dir am schönsten schmücken.
Du sollst sie schmücken mit dem Schmerz um Ruth, um Mirjam und Noëmi.
Du sollst zur Fremden sagen:
Sieh, ich schlief bei diesen!

在埃及

你要对那异乡女子的眼眸说:化做水。

你要在异乡女子的眼睛里,找你相识的水中人。

你要把她们从水里唤出来:路得!拿俄米!米利暗![1]

你要给她们梳妆,当你躺在异乡女子身旁。

你要用异乡女子的云鬟来妆扮她们。

你要跟路得、拿俄米和米利暗说:

瞧,我睡在她的身边!

你要让你身边的异乡女子打扮得最漂亮。

你要用路得、拿俄米和米利暗的痛苦去给她梳妆。

你要对那异乡女说:

瞧,我曾睡在这些女子身旁!

---

* 策兰最优美的抒情诗之一。今存手稿、打字稿及副本多份。巴赫曼所存手稿(IB-ÖNB Bl.15)下方注有"1948 年 5 月 23 日作于维也纳"字样;打字稿题有 *Für Ingeborg*〔给英格褒〕题辞。最早发表于海德堡人文月刊《变革》1949 年 3 月号。

[1] 路得,拿俄米,米利暗均为《圣经》旧约中的女子。路得(Ruth);摩押人氏,希伯来王大卫的曾祖母。初嫁从伯利恒移居摩押的犹太人为妻,丧夫后随婆婆拿俄米回故乡伯利恒,依以色列人律法改嫁前夫的亲戚波阿斯,为亡夫续嗣,生大卫的祖父俄备得;圣经旧约《路得记》记其事。拿俄米(Noëmi):路得的婆婆。士师秉政时期随夫以利米勒逃荒到摩押,夫与子死后,返故乡伯利恒,得长媳路得随身侍奉;其事亦见叙于《路得记》。米利暗(Mirjam):亚伦和摩西的姐姐,被视为女先知。以色列人过红海后,率妇女击鼓作歌,称谢上帝(参看《出埃及记》15:19-23);后因与亚伦一同毁谤摩西,遭上帝惩罚而罹患麻风病,经摩西祈求方得痊愈;死后葬于加低斯。其事见叙于《民数记》(12:1-4,20:1)。

INS NEBELHORN

Mund im verborgenen Spiegel,
Knie vor der Säule des Hochmuts,
Hand mit dem Gitterstab:

reicht euch das Dunkel,
nennt meinen Namen,
führt mich vor ihn.

走进雾角

隐秘镜中的嘴,
壮志柱前的膝,
铁窗上的手:

你们就享用这黑暗吧,
道出我名字,
把我领到它跟前。

---

* 此诗写作年代不详,应是 1948 年 6 月策兰抵法国定居后不久的作品。今存手稿、打字稿及副本共 8 份,其中较早的一份手稿和一份打字稿见于耶内氏存稿(Besitz Jené),打字稿上盖有奥地利邮件审查署印戳。译按:战后同盟国军事占领奥地利期间,为推行"非纳粹化"而实行邮件审查。奥当局对私人邮件的审查至 1951 年底废除;盟军当局的审查则延至 1953 年始废止。策兰此期间寄往奥地利的诗稿和信件多盖有奥地利邮件审查署印戳。另据策兰在其《骨灰瓮之沙》1948 年维也纳刊本手头点校本(*Handexemplar SU*)中追记,此诗作于"巴黎,土伊勒里宫花园"。最初与《远颂》等 6 首诗发表于维也纳《超现实主义丛刊》第一期(1950 年 4 月)。

Vom Blau, das noch sein Auge sucht, trink ich als erster.
Aus deiner Fußspur trink ich und ich seh:
du rollst mir durch die Finger, Perle, und du wächst !
Du wächst wie alle, die vergessen sind.
Du rollst: das schwarze Hagelkorn der Schwermut
fällt in ein Tuch, ganz weiß vom Abschiedwinken.

喝蓝

喝蓝我是第一人,那蓝还在找它的眼睛。
我喝你的脚印,我看见:
珍珠,你在我手指间滚动并长大!
你在成长,像所有被遗忘的人。
你翻滚着:忧郁的黑冰雹粒
掉进一块因挥别而变白了的头巾。

---

* 此诗写作年代不详。今存打字稿及副本多份,其中耶内氏所存打字稿(Besitz Jené)盖有奥地利邮件审查署印戳,今刊本以此稿为底本。策兰在其《罂粟与记忆》第三版(1958)手头点校本(*Handexemplar MuG 3. Aufl.*)中追记此诗作于巴黎,但未能确定具体年代。当与上一首诗《走进雾角》为同一年代作品。

WER wie du und alle Tauben Tag und Abend aus dem Dunkel schöpft,
pickt den Stern aus meinen Augen, eh er funkelt,
reißt das Gras aus meinen Brauen, eh es weiß ist,
wirft die Tür zu in den Wolken, eh ich stürze.

Wer wie du und alle Nelken Blut als Münze braucht und Tod als Wein,
bläst das Glas für seinen Kelch aus meinen Händen,
färbt es mit dem Wort, das ich nicht sagte, rot,
schlägts in Stücke mit dem Stein der fernen Träne.

谁要是你

谁要是你，像鸽子日夜飞到暗处取水[1]，
那就啄我眼珠[2]，在它亮之前，
拔我睫毛上的草，别等它变白，
摔那云中的门，趁我还没坠落。

谁要是你，像石竹拿血当钱币，拿死当美酒，
那就从我手心吹出玻璃做他的圣杯，
用我没说过的话把它涂红，
然后用远方的泪石将它击碎。

---

* 此诗写作年代不详。今存手稿、打字稿及副本多份。较早的一份手稿见于策兰 1948 年 8 月 19 日寄给耶内夫人艾丽卡·利莱格-耶内的一封信。这份随信抄寄的手稿上盖有奥地利邮件审查署印戳，信文结尾及落款写道："月亮没有盘子那么圆，我用它来吃饭，为你干杯。／保罗／仍寄诗一首，它属于你。"（参看图宾根本 TCA/MG 卷，前揭，第 71 页。）另一未标注日期的手稿见于伯尔尼瑞士文学档案馆藏稿（SLA 3,5），可能是策兰 1948 年 10 月 24 日寄给苏黎世《行动报》主编马克斯·李希纳的增补稿件之一，这批增补稿包括《阴影中妇人歌》、《在埃及》、《谁掏出心》、《同在一起》、《谁要是你》共 5 首，均是策兰 1947/1948 年作品。此诗最初发表于维也纳《超现实主义丛刊》第一期（1950 年 4 月）。
1 鸽子：李希纳存稿一度拟作"石竹"[Nelken]。参看图宾根本 TCA/MG 卷，前揭，第 71 页；《全集》HAK 本第 2/3 卷，第 2 分册，第 216 页。
2 眼珠：原文 den Stern aus meinen Augen 语义双关，既指"眼珠"，亦指"眼中那颗星"。参看德语复合词 Augenstern，释义有二：一指"眼珠"，二指"意中人"。

BRANDMAL

Wir schliefen nicht mehr, denn wir lagen im Uhrwerk der Schwermut
und bogen die Zeiger wie Ruten,
und sie schnellten zurück und peitschten die Zeit bis aufs Blut,
und du redetest wachsenden Dämmer,
und zwölfmal sagte ich du zur Nacht deiner Worte,
und sie tat sich auf und blieb offen,
und ich legt ihr ein Aug in den Schoß und flocht dir das andre ins Haar
und schlang zwischen beide die Zündschnur, die offene Ader –
und ein junger Blitz schwamm heran.

火印

我们不睡了,因为我们躺在忧郁钟表的齿轮里
还把指针弯得像荆条[1],
它猛地弹回来把时间抽出了血,
于是你唠叨一种扩大的朦胧,
而我对着你的词语之夜说了十二遍你,
于是夜敞开了并且一直敞着,
于是我把一只眼塞进它的怀抱,另一只编进你的发辫
然后在两眼之间扎了一根火绳[2],裸露的血管——
结果一道年轻的闪电泅了过来。

---

* 此诗写作年代不详。今存打字稿和副本多份。较早的一份打字稿见于策兰1949年3月8日随信寄给耶内夫人艾丽卡·利莱格-耶内的文稿。策兰本人在其《罂粟与记忆》第三版(1958)手头点校本中追记此诗作于巴黎,但未能确定具体日期。1952年9月首次发表于法兰克福《边线》(*Konturen*)诗刊第2期。

1 荆条:Rute(句中为复数 Ruten),拉丁文 virga 释义枝条,枝子;亦指用于鞭刑的荆条束(参动词 rüeteln 义);德文俗语中指阴茎,与 Glied 同义;圣经中借喻根基:"从耶西的本必发一条/从他根生的枝子必结果实。"(《以赛亚书》11:1)。

2 耶内氏存稿(Besitz Jené)此句"扎"(schlingen)作"拉"(ziehen):und zog zwischen beide die Zündschnur[然后在两眼之间拉了一根火绳]。参看图宾根本 TCA/MG 卷,前揭,第72页;《全集》HKA 本,第2/3卷,第2分册,第216页。

Wer sein Herz aus der Brust reißt zur Nacht, der langt nach der Rose.
Sein ist ihr Blatt und ihr Dorn,
ihm legt sie das Licht auf den Teller,
ihm füllt sie die Gläser mit Hauch,
ihm rauschen die Schatten der Liebe.

Wer sein Herz aus der Brust reißt zur Nacht und schleudert es hoch:
der trifft nicht fehl,
der steinigt den Stein,
dem läutet das Blut aus der Uhr,
dem schlägt seine Stunde die Zeit aus der Hand:
er darf spielen mit schöneren Bällen
und reden von dir und von mir.

谁掏出心

谁夜里从胸口掏出心,谁就够得着玫瑰。
叶子和刺都归他,
光亮也放进他的盘子,
还给他杯里斟满香气,
于是爱的阴影为他沙沙作响。

谁夜里从胸口掏出心并把它高高抛起:
谁做事就不会落空,
谁就会以石击石,
时钟之血为他而鸣,
岁月在他手上敲打时辰:
于是他可以玩更漂亮的球
可以谈论你和我。

---

* 此诗写作年代不详。今存手稿、打字稿及副本多份。较早的一份手稿见于耶内氏存稿(Besitz Jené),夹在策兰 1948 年寄给艾丽卡·利莱格 - 耶内的信札之间,上面盖有奥地利邮件审查署印戳。HKA 本推定此诗可能是策兰 1948 年 10 月 24 日寄给苏黎世《行动报》主编李希纳的增补稿件之一。策兰本人在其《罂粟与记忆》第三版(1958)手头点校本中追记此诗作于巴黎,但未能确定日期。最初发表于维也纳《超现实主义丛刊》第一期(1950 年 4 月)。

KRISTALL

Nicht an meinen Lippen suche deinen Mund
nicht vorm Tor den Fremdling,
nicht im Aug die Träne.

Sieben Nächte höher wandert Rot zu Rot,
sieben Herzen tiefer pocht die Hand ans Tor,
sieben Rosen später rauscht der Brunnen.

水晶

别在我唇上寻找你的嘴,
别在门前找异乡人,
别在眼睛里找泪。

七个夜更高了红漫向红,
七颗心更深了手敲大门,
七朵玫瑰更晚了井水汩汩。

---

* 此诗写作年代不详。今存打字稿和副本多份,其中一份打字稿见于耶内氏存稿(Besitz Jené),上面盖有奥地利邮件审查署印戳,估计作于 1948 年底或 1949 年初。策兰本人在其《罂粟与记忆》第三版(1958)手头点校本中追记此诗作于巴黎,但未能确定日期。最初发表于维也纳《超现实主义丛刊》第一期(1950 年 4 月)。

TOTENHEMD

Was du aus Leichtem wobst,
trag ich dem Stein zu Ehren.
Wenn ich im Dunkel die Schreie
wecke, weht es sie an.

Oft, wenn ich stammeln soll,
wirft es vergessene Falten,
und der ich bin, verzeiht
dem, der ich war.

Aber der Haldengott
rührt seine dumpfeste Trommel,
und wie die Falte fiel,
runzelt der Finstre die Stirn.

寿衣

你用轻的东西织出来,
我穿上以示对石的敬重。
每当我在黑暗中将那些叫声
惊醒,它就轻轻吹拂。

时常,我正要咕哝自语,
它抖出被遗忘的褶皱,
如今我宽恕的人
就是从前的那个我。

可是,山神
在敲打他最沉闷的鼓,
正当褶皱荡平去,
这阴郁的人皱起了眉头。

---

* 此诗写作年代不详。今存打字稿 5 份,均未标注日期。策兰本人在其《罂粟与记忆》第三版(1958)手头点校本(*Handexemplar MuG 3. Aufl.*)中追记此诗或"作于巴黎?"但未能确定具体年代。鉴于策兰 1950 年 10 月新编维也纳版《骨灰瓮之沙》修订稿('*SU 1950*')中收录此诗,估计最晚作于 1950 年。

AUF HOHER SEE

Paris, das Schifflein, liegt im Glas vor Anker:
so halt ich mit dir Tafel, trink dir zu.
Ich trink so lang, bis dir mein Herz erdunkelt,
so lange, bis Paris auf seiner Träne schwimmt,

茫茫海上

巴黎,像只小船[1],在杯中抛锚:
我与你同桌,为你干杯。
长杯短盏,我喝到心为你黯下来,
喝到巴黎漂在你的泪水中,

---

* 此诗写作年代不详。今存手稿、打字稿及副本多份,其中一份于1949年10月7日随信抄寄荷兰女歌唱家荻特·克鲁斯-巴伦德尔格特的手稿,应是此诗原始手稿抄件,初题《烟水晶》,今本以此稿为底本。策兰在信中写道:"亲爱的荻特,寄上一首诗,我给它起名叫做《烟水晶》。我觉得这是一首很不错的诗;不,我敢肯定,是一首好诗。一个好兆头。"另有一份同期手稿抄件见于同年10月11日寄给耶内夫人艾丽卡·利莱格-耶内的书信,下方另抄录阿波里奈尔1911年诗作《迹象》(Signe)并附德文翻译,信笺左下角盖有奥地利邮件审查署印戳。阿波里奈尔诗云:"我听从了秋气的大师/所以我爱果实不爱鲜花/我后悔我付出的每一个吻/如同杆子打落胡桃报给悲风//永恒的秋天啊我的精神季节/昔日情人的手铺满你的大地/一个妻子跟随我,就是我宿命的影子/今晚群鸽将最后一次飞起"(参看图宾根本TCA/MG卷,前揭,第130页手稿影件;亦可参看《阿波里奈尔诗全集》,*Apollinaire, Œuvre poétiques,* 加利马出版社,巴黎,1965年,第125页)。

《茫茫海上》一诗的写作是否与阿波里奈尔这首秋兴诗有关,暂且留待研究者去查考。从邮件日期可以确定,此诗初稿作于1949年10月初或更早些时候。策兰本人在其《罂粟与记忆》第三版(1958)手头点校本中亦补记:此诗"1949/1950年作于巴黎"。按:荻特藏稿及耶内夫妇存稿标题均作《烟水晶》[*Rauchtopas*],编入《骨灰瓮之沙》1950年校订稿时改用今标题。烟水晶者,亦称烟晶、茶晶,色泽深者称墨晶;水晶品种之一,因其色泽呈烟灰色、黄褐色或茶色,故名。

据荻特·克鲁斯-巴伦德尔格特回忆,她于1949年初在巴黎与策兰结识,二人相约在市中心西岱岛的蒙特贝罗滨河道(Quai de Montebello)一家咖啡馆露天茶座见面。当时荻特手上戴着一枚烟水晶戒指,是战争间遭纳粹杀害的丈夫的遗物。策兰诗中隐含地描述了那次见面的情形,位于巴黎市中心塞纳河中的西岱岛(l'île de la Cité)就像海上的一条小船,而诗初稿标题可能得自这枚烟水晶戒指的印象。参看《"你也要试着听一听寂静者"——保罗·策兰致荻特·克鲁斯-巴伦德尔格特书信集》(Paul Celan »Du mußt versuchen, auch den Schweigenden zu hören«),Suhrkamp出版社,2002年,法兰克福,第75页,第121页以下。

1 巴黎市市徽的主图案是一条在波浪中扬帆行驶的小船,图案下有拉丁铭文:**Fluctuat nec mergitur** [行于浪尖,永不沉没]。

so lange, bis es Kurs nimmt auf den fernen Schleier,
der uns die Welt verhüllt, wo jedes Du ein Ast ist,
an dem ich hänge als ein Blatt, das schweigt und schwebt.

喝到它朝远方的轻雾¹驶去,
那遮蔽的世界,每一个你都是一根枝,
我就像一叶悬在枝头,无语,随风摆动²。

---

1 轻雾:Schleier,此德文词通常指妇女戴的面纱或小头巾,亦借指烟霭或薄雾。"远方的轻雾"句,获特藏稿作 Schleier Klarheit [云气天光]。详见《全集》HKA 本,第 2/3 卷,第 2 分册,前揭,第 224 页。亦可参看《"你也要试着听一听寂静者"——保罗·策兰致获特·克鲁斯 - 巴伦德尔格特书信集》,前揭,第 40 页及第 76 页。
2 获特藏稿此句作 an dem ich hänge als ein Blatt, nie als ein Mensch [我悬在枝头如同一片叶,奈何不能做个攀枝人] 参看,图宾根本 TCA/MG 卷,前揭,第 80 页。

策兰 1949 年 10 月 11 日致艾丽卡·利莱格 – 耶内。信中抄录《烟水晶》（后改题为《茫茫海上》）一诗，并手抄阿波里奈尔《迹象》诗附于其下。信件下方印戳为战后盟军托管奥地利期间奥当局的邮件审查署印戳

Ich bin allein, ich stell die Aschenblume
ins Glas voll reifer Schwärze. Schwestermund,
du sprichst ein Wort, das fortlebt vor den Fenstern,
und lautlos klettert, was ich träumt, an mir empor.

Ich steh im Flor der abgeblühten Stunde
und spar ein Harz für einen späten Vogel:
er trägt die Flocke Schnee auf lebensroter Feder;
das Körnchen Eis im Schnabel, kommt er durch den Sommer.

孤独一人

孤独一人,我把灰烬之花[1]
插入盛满成年之暗的瓶。姐妹嘴,
你说出一个词,它在窗前不肯离去[2],
而我昔日所梦,悄然爬上我身[3]。

我站在凋谢时节的花中
把树脂留给一只迟来的鸟:
它红色的生命羽上带着雪花;
嘴里衔着冰的谷粒,从夏天飞来。

---

* 此诗写作年代不详。今存手稿、打字稿及副本共6份,均未标注日期。策兰在其《罂粟与记忆》第三版(1958)手头点校本中追记,此诗"1950/1951年作于巴黎"。然此诗一份手稿见于策兰寄给耶内夫人艾丽卡·利莱格-耶内的一封书信,此信年代未能确定,TCA本推测可能是1948年8月19日(?)。今本据此稿刊印。
1 灰烬之花(Aschenblume):德文 Aschenkraut 的又一说法,即瓜叶菊(Cinerarie)。参看本书第33页《灰草》诗题注释。
2 耶内氏存稿(Besitz Jené)此句作 das auslischt vor den Fenstern [它在窗前黯然熄灭]。参看图宾根本 TCA/MG 卷,前揭,第82页;《全集》HKA 本,第2/3卷,第2分册,前揭,第226页。
3 耶内氏存稿此句作 Und langsam klettert was ich träumt an mir empor [而我昔日所梦早已爬上我身];德国巴登-巴登西南广播电台档案室藏《罂粟与记忆》部分打字稿(Convolut SWF)此句作 und stimmlos klettert, was ich weiss, an mir empor [而我熟悉的事情,悄然爬上我身]。参看图宾根本 TCA/MG 卷,前揭,第82页;《全集》HKA 本,第2/3卷,第2分册,前揭,第226页。

DIE KRÜGE

Für Klaus Demus

An den langen Tischen der Zeit
zechen die Krüge Gottes.
Sie trinken die Augen der Sehenden leer und die Augen der Blinden,
die Herzen der waltenden Schatten,
die hohle Wange des Abends.
Sie sind die gewaltigsten Zecher:
sie führen das Leere zum Mund wie das Volle
und schäumen nicht über wie du oder ich.

酒壶

给克劳斯·德穆斯[1]

时间的长桌上
上帝的酒壶在狂欢。
喝空了好人的眼和盲人的眼,
喝干无处不在的影子心,
喝掉黄昏干瘪的脸。
个个都是酒徒海量:
空无盈满,到嘴一饮而尽
不像你我泡沫横飞。

---

* 此诗1949年6月作于巴黎。仅存的一份手迹系策兰五十年代末随信寄给耶内夫人艾丽卡·利莱格-耶内的手稿,信中并称这是一首"不太有把握的信笔之作",落款"巴黎／1949年6月15日午夜";手稿上盖有奥地利邮件审查署印戳,今本以此稿为底本。德慕斯所存打字稿(AB15b,今藏马尔巴赫德意志文学档案馆)下方亦标有日期Paris, Juni 1949 [1949年6月,巴黎],原题 Nachtfensterlein [《小夜窗》]。
1 克劳斯·德穆斯(Klaus Demus, 1927—),奥地利诗人,艺术史家,曾长期担任维也纳艺术史博物馆馆员。策兰在维也纳逗留期间与之结识,后来成为莫逆之交。

NACHTS, wenn das Pendel der Liebe schwingt
zwischen Immer und Nie,
stößt dein Wort zu den Monden des Herzens
und dein gewitterhaft blaues
Aug reicht der Erde den Himmel.

Aus fernem, aus traumgeschwärztem
Hain weht uns an das Verhauchte,
und das Versäumte geht um, groß wie die Schemen der Zukunft.

Was sich nun senkt und hebt,
gilt dem zuinnerst Vergrabnen:
blind wie der Blick, den wir tauschen,
küßt es die Zeit auf den Mund.

夜,当爱的钟摆

夜,当爱的钟摆摇荡
在永恒与不再之间,
你的词语总是去和心灵的月亮呆在一起
而你雷雨般蓝色的
眼睛却把天空拽给了大地。

从远方,从梦魂牵系而变黑的小树林
那逝去的飒然而至吹拂我们,
而错失了的挥之不去,大如未来的幽灵[1]。

无论下沉的还是上升的,
至今牵动着心底的埋藏之物:
虽然盲如你我交换的眼神,
还在吻那嘴上的时间。

---

* 此诗写作年代不详。今存打字稿和副本共 5 份,均未标注日期。策兰在其《罂粟与记忆》第三版(1958)手头点校本中追记,此诗"1950/1951 年作于巴黎"。另据 TCA 本考订,策兰 1957 年 8 月 1 日致德国女作家克莉丝汀·布吕克讷(Christine Brückner)信中提及这首诗作于 1949 年(参看 TCA/MG 卷,第 87 页)。最初发表于柏林前卫文学丛刊《铅锤》(*Das Lot*)第六期(1952 年 6 月)。

1 "大如未来的幽灵"句,德意志西南广播电台档案室藏稿(Convolut SWF)作 blind wie die Schemen der Zukunft [盲如未来的幽灵]。参看图宾根本 TCA/MG 卷,前揭,第 87 页;《全集》HKA 本,第 2/3 卷,第 2 分册,前揭,第 229 页。

So schlafe, und mein Aug wird offen bleiben.
Der Regen füllt' den Krug, wir leerten ihn.
Es wird die Nacht ein Herz, das Herz ein Hälmlein treiben —
Doch ists zu spät zum Mähen, Schnitterin.

So schneeig weiß sind, Nachtwind, deine Haare!
Weiß, was mir bleibt, und weiß, was ich verlier!
Sie zählt die Stunden, und ich zähl die Jahre.
Wir tranken Regen. Regen tranken wir.

睡吧

睡吧,我的眼睛不会合上。
雨水满了罐子,我们把它倒空。
夜长出一颗心,心长出一根草茎——
可是,刈草的女人啊,收割已经太晚。

夜风[1],你的发,白如霜雪!
留下的白茫茫,失去的也白茫茫!
她数钟点,我数年。
我们喝了雨水。雨水我们喝。

---

* 策兰 1950 年代初作品,具体写作日期不详。今存打字稿和副本共 5 份,见于耶内夫妇及巴赫曼等私人藏稿。策兰本人在其《罂粟与记忆》第三版(1958)手头点校本中补记,此诗 "1950/1951 年作于巴黎"。最初发表于维也纳宗教文化月刊《词与真》(*Wort und Wahrheit*)1951 年 10 月号,同时收录于维也纳文化自由协会委托作家、批评家汉斯·魏格尔(Hans Weigel, 1908-1991)主编出版的战后奥地利新潮文学集刊《当下的声音》(*Stimmen der Gegenwart*),Verlag für Jugend und Volk 和 Verlag Jungbrunnen 联合出版,维也纳,1951 年。
1 夜风:耶内氏存稿(Besitz Jené)最初拟作 Sommer〖夏日〗。参看图宾根本 TCA/MG 卷,第 88 页;《全集》HKA 本,第 2/3 卷,第 2 分册,第 232 页。

SO bist du denn geworden
wie ich dich nie gekannt:
dein Herz schlägt allerorten
in einem Brunnenland,

wo kein Mund trinkt und keine
Gestalt die Schatten säumt,
wo Wasser quillt zum Scheine
und Schein wie Wasser schäumt.

Du steigst in alle Brunnen,
du schwebst durch jeden Schein.
Du hast ein Spiel ersonnen,
das will vergessen sein.

你变成这个模样

你变成这个模样，
叫我如何还认得：
到处有你心跳，
在一个水井之乡，

这里没有一张嘴会喝水
见人有影无轮廓，
这里泉涌顿成镜花
而镜花又似水花。

你下所有的井，
你浮动于每一片光。
你想出这么个把戏，
好让人把你忘记。

---

* 策兰早期最动人的作品之一。今存手稿、打字稿和副本共 4 份，其中德慕斯所存手稿为铅笔写稿，稿件下方有德慕斯妻子娜尼加注的日期"1950 年 11 月"。另据策兰本人在其《罂粟与记忆》第三版（1958）手头点校本中补记，此诗"1950/1951 年作于巴黎"。

DIE FESTE BURG

Ich weiß das abendlichste aller Häuser: ein
viel tiefres Aug als deines hält dort Ausschau.
Vom Giebel weht die große Kummerfahne:
ihr grünes Tuch – du weißt nicht, daß du's webtest.
Auch fliegts so hoch, als hättst nicht du's gewebt.
Das Wort, von dem du Abschied nahmst, heißt dich am Tor willkommen,
und was dich hier gestreift hat, Halm und Herz und Blume,
ist längst dort Gast und streift dich nimmermehr.
Doch trittst in jenem Haus du vor den Spiegel,
so sehen drei, so sehen Blume, Herz und Halm dich an.
Und jenes tiefe Aug, es trinkt dein tiefes Auge.

坚固的城垒

我知道夜色最浓的房子：一只
比你目光深沉的眼睛在那里瞻望。
山墙上忧伤的大旗迎风飘扬：
那绿色旗布——你不知是你织出来的。
飘得那么高，仿佛不是你织的。
那个词，你向它道别，它却在门口迎接你，
而曾经触动你的那一切，芒刺、心和花朵，
早已是彼方之客，再也不会轻拂你。
可是，踏进这屋宇走到镜前，
它们仨，花朵、心和芒刺，就会望着你。
这只眼更深，它喝了你深邃的目光。

---

* 策兰1950年代初作品。今存打字稿及副本共5份，均未标注日期。较早一份打字稿见于耶内氏存稿（Besitz Jené），夹在策兰1948年至1950年寄给耶内夫人艾丽卡·利莱格-耶内的信札之间，上面盖有奥地利邮件审查署印戳。策兰本人在其《罂粟与记忆》第三版（1958）手头点校本中补记，此诗"1950/1951年作于巴黎"。诗题可能来自德国十六世纪宗教改革家马丁·路德流传最广的一篇圣诗"上主是我等坚固城垒／巍巍屹立的屏障和保障"（Ein feste Burg ist unser Gott / ein gute Wehr und Waffen），而题材当得自策兰本人居留维也纳期间拜访耶内夫人位于奥地利南部一所老宅之印象。参看策兰1950年9月23日寄给艾丽卡·利莱格-耶内的一封信："你还记得这幢房子吗？就是在克恩顿州你住过的房子，你的母亲就坐在门前打毛线。说它的山墙上有一面（绿色的！）忧伤大旗也许不确，但不管怎么说，那是你在克恩顿州的家，也因为如此，它成了我思念的家宅。"（转引自图宾根本TCA/MG卷，前揭，第92页）。从这封信大致可以确定，此诗最晚当作于1950年9月中旬。

DER Tauben weißeste flog auf: ich darf dich lieben!
Im leisen Fenster schwankt die leise Tür.
Der stille Baum trat in die stille Stube.
Du bist so nah, als weiltest du nicht hier.

Aus meiner Hand nimmst du die große Blume:
sie ist nicht weiß, nicht rot, nicht blau — doch nimmst du sie.
Wo sie nie war, da wird sie immer bleiben.
Wir waren nie, so bleiben wir bei ihr.

最白的鸽子

最白的鸽子飞走了：我可以爱你了！
轻柔的窗子里摇晃着轻柔的门。
那棵寂静的树已走进寂静的房间。
你近在眼前，又好像已不在此地。

你从我手里接过这朵大花：
不是白的，不是红的，不是蓝的 [1]——你还是拿了。
哪里从未有过，就将在哪里永存 [2]。
我们从未在世，所以我们在花里。

---

* 此诗具体写作年代不详。今存手稿 1 份，见于耶内氏存稿（Besitz Jené）；另有打字稿及副本 5 份，均未标注日期。策兰本人在其《罂粟与记忆》第三版（1958）手头点校本中追记，此诗"1950/1951 年作于巴黎"。
[1] 蓝白红系法国国旗的颜色。此句似言法兰西并非自己的祖国，自己虽是异乡沦落人，仍被"你"接受。译按：策兰 1951 年 11 月在巴黎结识年轻女版画家吉赛尔·德·莱特朗奇，二人一见钟情，两年后成婚。这首"情诗"或是与吉赛尔初识后所作。
[2] 耶内氏存稿此句曾拟作 Wo sie nie war, da trug sie einen Namen［在以前从未到过的地方，它也曾经有一个名字］。参看图宾根本 TCA/MG 卷，前揭，第 94 页；《全集》HKA 本，第 2/3 卷，第 2 分册，前揭，第 237 页。

夜的芒草
HALME DER NACHT

SCHLAF UND SPEISE

Der Hauch der Nacht ist dein Laken, die Finsternis legt sich zu dir.
Sie rührt dir an Knöchel und Schläfe, sie weckt dich zu Leben und Schlaf,
sie spürt dich im Wort auf, im Wunsch, im Gedanken,
sie schläft bei jedem von ihnen, sie lockt dich hervor.
Sie kämmt dir das Salz aus den Wimpern und tischt es dir auf,
sie lauscht deinen Stunden den Sand ab und setzt ihn dir vor.
Und was sie als Rose war, Schatten und Wasser,
schenkt sie dir ein.

睡眠和饭

夜的气息是你的床单,黑暗与你共寝。
它擦你的踝骨和鬓角,唤醒你懂得生活和睡眠,
它从词语、愿望和思想跟踪你,
它和当中的每一位睡觉,诱你出巢。
它梳你睫毛上的盐,给你端到桌上,
它偷听你的时间,释出沙子递到你跟前。
而往日那玫瑰般的,影和水,
也给你斟上。

---

* 此诗 1951 年 3 月作于巴黎。今存手稿 3 份,一份见于德慕斯存稿(Convolut Klaus Demus),手稿下方有疑是他人之手标注的日期"51 年 3 月 19 日";另一份见于策兰 1951 年 3 月 20 日寄给耶内夫人艾丽卡·利莱格 – 耶内的一封书信;第三份系策兰 1952 年 6 月 5 日应邀到法兰克福弗兰克画廊(Zimmergalerie Frank)朗诵诗歌时在留言簿留下的手迹。另有一份稍晚的打字副本,为德国作家罗尔夫·施罗尔斯所存,标题下有题给奥地利超现实主义诗人马克斯·赫尔泽(Max Hölzer)的题辞。策兰本人在其《罂粟与记忆》第三版(1958)手头点校本中补记,此诗"1951 年作于巴黎"。最初发表于法兰克福前卫艺术与诗歌期刊《Meta》第 8 期(1952 年 4 月)。

DER REISEKAMERAD

Deiner Mutter Seele schwebt voraus.
Deiner Mutter Seele hilft die Nacht umschiffen, Riff um Riff.
Deiner Mutter Seele peitscht die Haie vor dir her.

Dieses Wort ist deiner Mutter Mündel.
Deiner Mutter Mündel teilt dein Lager, Stein um Stein.
Deiner Mutter Mündel bückt sich nach der Krume Lichts.

旅伴

母亲的魂在前面游走。
母亲的魂助你绕过黑夜,一道道暗礁。
母亲的魂在前面为你驱赶鲨鱼。

你母亲是这个词的监护人。
母亲监护的东西与你同床,一块块石头。
母亲监护的人低头拾细碎的光。

---

* 策兰1950年代初作品。今仅存打字副本一份,见于德慕斯存稿(Konvolut Demus),未标日期。据策兰本人在其《罂粟与记忆》第三版(1958)手头点校本(*Handexemplar MuG 3. Aufl.*)中追记,此诗或"1951年作于巴黎。"关于此诗的来源,策兰1954年4月7日接受南德意志电台采访时解释说:"就在这首诗里,如标题用意所示,我突然注意到,这里无形中再次勾起的是一桩童年记忆,确切地说是安徒生的一篇童话故事,但我写下这几行诗的时候,脑海里根本记不起它了,只是事后,过了很久才意识到。我用安徒生童话的标题来做了这首诗的标题,尽管诗的内容与童话并不协调。不过我也许可以说,——这首诗是从童话里走出来的,然后它继续走自己的路。"(采访笔录详见《细晶石,小石头——保罗·策兰散文遗稿》,Suhrkamp出版社,前揭,第188页以下。)译按:策兰这里提到的是他童年时读过的安徒生童话《旅伴》。这篇童话叙述一个父母双亡的男孩约翰奈斯小小年纪只身周游世界,路上遇到一位在林中打柴跌断腿的老太婆,二人结伴同行的故事。

Augen:

schimmernd vom Regen, der strömte,
als Gott mir zu trinken befahl.

Augen:

Gold, das die Nacht in die Hände mir zählt',
als ich Nesseln pflückt'
und die Schatten der Sprüche reutet'.

Augen:

Abend der über mir aufglomm, als ich aufriß das Tor
und durchwintert vom Eis meiner Schläfen
durch die Weiler der Ewigkeit sprengt'.

眼睛

眼睛：
闪耀着雨水，大雨滂沱，
当上帝命我喝。

眼睛：
金子，夜把它数进我手里，
当我采集荨麻
并垦凿格言的影子[1]。

眼睛：
我头顶放光的黄昏，当我推开家门
顶着鬓角上的冰霜越冬
打马路过永恒的小村。

---

* 策兰1950年代初作品，具体写作日期不详。仅存打字副本1份，见于罗尔夫·施罗尔斯存《罂粟与记忆》1952年打字稿副本（'*MuG 1952*'），今藏北莱茵－威斯特法伦州档案馆（原明斯特德国国家档案馆）。据策兰本人在其《罂粟与记忆》第三版（1958）手头点校本中追记，此诗或"1951年作于巴黎？"
1 垦凿：策兰在这里使用了一个古老的动词reuten，中古高地德语作riuten，原义"开垦"。今罕用，仍见于奥地利和瑞士德语，与roden同义（参看格林氏《德语大词典》）。

DIE EWIGKEIT

Rinde des Nachtbaums, rostgeborene Messer
flüstern dir zu die Namen, die Zeit und die Herzen.
Ein Wort, das schlief, als wirs hörten,
schlüpft unters Laub:
beredt wird der Herbst sein,
beredter die Hand, die ihn aufliest,
frisch wie der Mohn des Vergessens der Mund, der sie küßt.

永恒

夜树的皮,天生锈蚀的刀子
在悄悄向你诉说名字、时间和心灵。
有个词,睡着了,当我们倾听,
它又钻到树叶下面:
这个秋天将意味深长,
那只拾得它的手,更加口齿伶俐,
而嘴新鲜如遗忘的罂粟,在亲吻它 [1]。

---

* 此诗作于 1951 年夏。今存手稿、打字稿及副本 3 份,见于德慕斯和施罗尔斯藏稿。策兰本人在其《罂粟与记忆》第三版(1958)手头点校本中补记:此诗"1951 年作于勒瓦卢亚 - 佩雷镇"。译按:勒瓦卢亚 - 佩雷(Levallois-Perret)是巴黎西北近郊小镇,1951 年夏策兰曾在该镇一位熟人家中小住,此诗当写于小住期间。最初发表于维也纳宗教与文化月刊《词与真》1952 年 7 月号。

1 德慕斯存稿(Konvolut Demus)此句作 frisch wie der Mohn des Vergessens die Hand, der sie küßt[手,新鲜如同遗忘的罂粟,在亲吻它]。参看图宾根本 TCA/MG 卷,前揭,第 104 页;《全集》HKA 本,第 2/3 卷,第 2 分册,前揭,第 245 页。

BRANDUNG

Du, Stunde, flügelst in den Dünen.

Die Zeit, aus feinem Sande, singt in meinen Armen:
ich lieg bei ihr, ein Messer in der Rechten.

So schäume, Welle ! Fisch, trau dich hervor !
Wo Wasser ist, kann man noch einmal leben,
noch einmal mit dem Tod im Chor die Welt herübersingen,
noch einmal aus dem Hohlweg rufen: Seht,
wir sind geborgen,
seht, das Land war unser, seht,
wie wir dem Stern den Weg vertraten!

浪花拍岸

光阴,你翔于沙丘。

细沙流出的时间,在我怀里歌唱:
我托身其中,右手拿着一把刀。

翻卷吧,浪花!鱼儿,大胆跃起!
有水,就能再活一次,
再一次,用歌声把世界连同死亡荡入合唱,
再一次,在坎坷的路上呼喊:瞧,
我们安全了,
瞧,我们上岸了,瞧,
我们怎样挡住了星辰的去路!

---

* 策兰 1950 年代初作品。今存手稿、打字稿和副本各 1 份;其中,手稿见于德慕斯存稿(Konvolut Demus),原作无标题,稿件上盖有奥地利邮件审查署印戳,下方标注"1951 年 9 月 16 日作于巴黎"。策兰后来在其《罂粟与记忆》第三版(1958)手头点校本中亦补记:此诗"51 年作于巴黎"。

Aus Herzen und Hirnen
sprießen die Halme der Nacht,
und ein Wort, von Sensen gesprochen,
neigt sie ins Leben.

Stumm wie sie
wehn wir der Welt entgegen:
unsere Blicke,
getauscht, um getröstet zu sein,
tasten sich vor,
winken uns dunkel heran.

Blicklos
schweigt nun dein Aug in mein Aug sich,
wandernd
heb ich dein Herz an die Lippen,
hebst du mein Herz an die deinen:
was wir jetzt trinken,

心和大脑

心和大脑
长出了夜的芒草,
有句话,是镰刀说出的,
要它们倒向生活。

喑如草茎
我们随风飘向世界:
我们的目光,
交换着,以得安慰,
目光摸索向前[1],
黯然示意我们过来。

失去目光
你的眼睛沉默于我的眼睛;
徘徊之中
我把你的心举到嘴边,
你把我的心放到唇上:
此刻我们对饮的,

---

* 此诗写作年代不详。今存手稿和打字副本共 3 份。其中一份手稿见于耶内氏存稿(Besitz Jené),夹在策兰 1948 年寄给耶内夫人艾丽卡·利莱格 - 耶内的信札之间,稿件上盖有奥地利邮件审查署印戳;另有一份手稿为英格褒·巴赫曼所存(IB-ÖNB Kopie 79),今藏奥地利国家图书馆。两稿均未标注日期。策兰在其《罂粟与记忆》第三版(1958)手头点校本中追记:此诗 "1951 年作于巴黎"。
1 摸索向前:耶内氏存稿作 eilen voraus [急走在前]。参看图宾根本 TCA/MG 卷,前揭,第 108 页;《全集》HKA 本,第 2/3 卷,第 2 分册,前揭,第 247 页。

stillt den Durst der Stunden;
was wir jetzt sind,
schenken die Stunden der Zeit ein.

Munden wir ihr?
Kein Laut und kein Licht
schlüpft zwischen uns, es zu sagen.

O Halme, ihr Halme.
Ihr Halme der Nacht.

平息了钟点的渴望;
而此刻的我们,
被钟点斟给了时间。

合它口味吗,我们?
没有声息也没有光亮
来到我们当中,就此说点什么。

芒草啊,芒草。
你们这些夜的芒草。

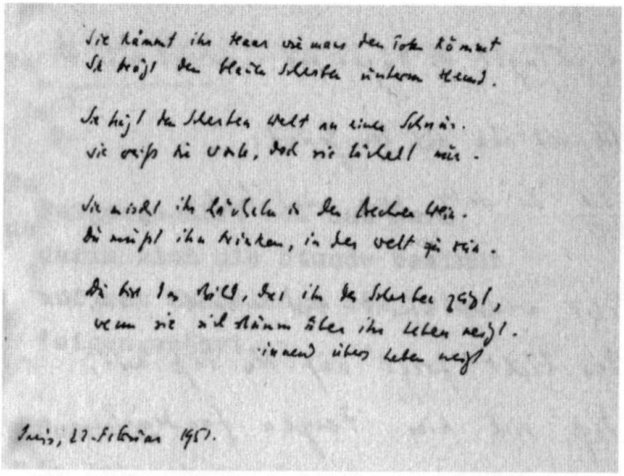

策兰手稿:《她给自己梳头》(1951年)

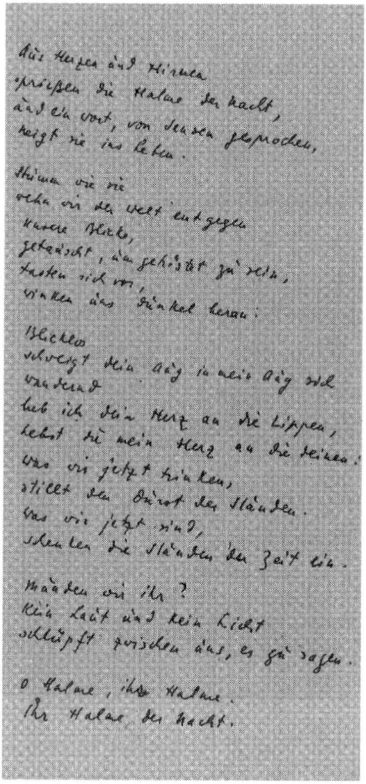

策兰手迹:《心与大脑》(原英格褒·巴赫曼存,今藏奥地利国家图书馆)

U̇nstetes Herz, dem die Heide die Stadt baut
inmitten der Kerzen und Stunden,
du steigst
mit den Pappeln hinan zu den Teichen:
im Nächtlichen schnitzt dort
die Flöte den Freund ihres Schweigens
und zeigt ihn den Wassern.
Am Ufer
wandelt vermummt der Gedanke und lauscht:
denn nichts
tritt hervor in eigner Gestalt,
und das Wort, das über dir glänzt,
glaubt an den Käfer im Farn.

游移的心

游移不定的心,荒野为你建城
在烛光和钟点之间,
你升起来
和白杨一起升到池塘那边:
用那里的夜色
长笛雕出这位它的寂静的之友
并将他指给水面。
岸上
思想藏头遮面边走边听:
既然什么
都不显露原形,
你头顶上那个闪烁不定的词,
相信蕨草里有只甲虫。

---

* 此诗 1951 年 8 月 29 日作于伦敦。今存手稿和打字副本共 4 份,其中德慕斯存稿为铅笔写稿,下方有策兰亲笔标注日期:"51 年 8 月 29 日 / 伦敦戈尔德斯·格林区"。译按:时策兰再度到伦敦看望战前就已移居英国的姑妈贝塔·安切尔(Berta Antschel)。姑妈住在伦敦北郊的戈尔德斯·格林区(Golders Green),该区自二十世纪初以来就已逐渐成为英国犹太人的主要聚居地,建有犹太公墓和多座犹太教堂。

Sie kämmt ihr Haar wie mans den Toten kämmt:
sie trägt den blauen Scherben unterm Hemd.

Sie trägt den Scherben Welt an einer Schnur.
Sie weiß die Worte, doch sie lächelt nur.

Sie mischt ihr Lächeln in den Becher Wein:
du mußt ihn trinken, in der Welt zu sein.

Du bist das Bild, das ihr der Scherben zeigt,
wenn sie sich sinnend übers Leben neigt.

她给自己梳头

她给自己梳头就像给死人梳妆:
她的衬衣下掖着蓝色碎片。

她把这破碎人世缀在一根绳上。
她识得语言,却只是微笑。

她把笑声掺进杯中的酒:
想活在世上,你就得喝下它。

你就是她从碎片看到的肖像,
当她心事重重低头面对人生[1]。

---

* 此诗 1951 年 2 月 22 日作于巴黎。今存手稿和打字副本共 5 份。较早的一份手稿为德慕斯所存,今藏马尔巴赫德意志文学档案馆;另一份手稿见于策兰 1951 年 3 月 9 日寄给耶内夫人艾丽卡·利莱格-耶内的一封书信。信中云:"这首小诗,是我不久前写的。我想,它可能是我最好的诗作之一,完全是从空气中弹奏出来的,单这一点就够了。——当然是出自我们所呼吸的空气。"(转引自图宾根本 TCA/MG 卷,前揭,第 113 页;亦可参看芭芭拉·魏德曼编《保罗·策兰诗全编》全一卷注释本,前揭,第 617 页)。1952 年 6 月首次发表于柏林前卫文学丛刊《铅锤》(*Das Lot*)第六期。
1 德慕斯存稿(Konvolut Demus)此句曾拟作 wenn sie sich stumm über ihr Leben neigt[当她低头默默地面对人生]。参看图宾根本 TCA/MG 卷,前揭,第 112 页;《全集》HKA 本,第 2/3 卷,第 2 分册,前揭,第 250 页。

DA du geblendet von Worten
ihn stampfst aus der Nacht,
den Baum, dem sein Schatten vorausblüht:
fliegt ihm das Aschenlid zu, darunter das Auge der Schwester
Schnee zu Gedanken verspann –

Nun ist des Laubes genug,
Windhauch und Spruch zu erraten,
und die Sterne, gehäuft,
stehn jetzt im Spiegel der Zeit.

Setze den Fuß in die Mulde, spanne das Zelt:
sie, die Schwester, folgt dir dahin,
und der Tod, aus der Lidspalte tretend,
bricht zum Willkomm euch das Brot,
langt nach dem Becher wie ihr.

Und ihr würzt ihm den Wein.

瞧你被词语弄花了眼

瞧你被词语弄花了眼
使劲跺脚直到夜色
变出那棵树，它的阴影提前开花：
化成灰的眼睑飞来，下面那只姐妹眼
早已把雪编织成思念——

现在有叶子就够了[1]，
足以猜出微风和格言，
而星辰，堆积着，
峨然立在时间的镜中。

踏入这片窪地吧，支起帐篷：
妹妹，她也跟你到此，
而死神，从眼缝里出来，
掰开面包欢迎你们，
它和你们一样拿起酒杯。

你们只是给它添助了酒兴。

---

* 此诗具体写作年代不详。今存手稿和打字稿共 6 份。较早的一份手迹系铅笔写稿，左面边页标有疑是后补记的日期 "Paris, 19. November 1951" [1951 年 11 月 19 日，巴黎]，今藏马尔巴赫德意志文学档案馆；另一份手稿为耶内氏存稿（Besitz Jené），夹在策兰 1948 年寄给艾丽卡·利莱格 - 耶内的信札之间，未标注日期。
1 DLA 藏稿 此句曾拟作 Nun ist des Laubes genug, / dies strömend Dunkel zu dämmen [现在有叶子就够了 / 足以遏止这奔流的黑暗]。同一稿本中复又拟作 Nun ist des Laubes genug, / dem Dunkel die Stunde zu bauen [hauchen][现在有叶子就够了 / 足以给黑暗创造出〖一气呵出〗时间]。参看图宾根本 TCA/MG 卷，前揭，第 114 页；《全集》HKA 本，第 2/3 卷，第 2 分册，前揭，第 252-253 页。

LANDSCHAFT

Ihr hohen Pappeln – Menschen dieser Erde!
Ihr schwarzen Teiche Glücks – ihr spiegelt sie zu Tode!

Ich sah dich, Schwester, stehn in diesem Glanze.

风景

高高的白杨树——大地的人类[1]！
你们这些幸福的黑池塘——将它投照于死亡！

我看见你了，姐姐，站在那光芒之中。

---

* 此诗确切写作年代不详。今存打字稿和副本 4 份，其中巴赫曼所存打字稿（IB-ÖNB Bl.12）盖有奥地利邮件审查署印戳，边页有他人手迹标注的日期"1951 年 11 月 10 日"。菲舍尔出版社 1965 年"学生读本丛书"《保罗·策兰诗选》此诗亦标注作于 1951 年。而于根·科切尔所藏打字副本（Besitz Jürgen Köchel）此诗与 1948 年作品《旅途上》抄在同一页稿纸，有作者签名落款，但未标注日期。
1 此句意象疑得自拉丁文 populus 的双重释义：此词通释人民，居民；又指杨树。语源学上这两个释义并不同源，策兰巧妙地将它们综合到诗里。

STILLE!

Stille! Ich treibe den Dorn in dein Herz,
denn die Rose, die Rose
steht mit den Schatten im Spiegel, sie blutet!
Sie blutete schon, als wir mischten das Ja und das Nein,
als wirs schlürften,
weil ein Glas, das vom Tisch sprang, erklirrte:
es läutete ein eine Nacht, die finsterte länger als wir.

Wir tranken mit gierigen Mündern:
es schmeckte wie Galle,
doch schäumt' es wie Wein –
Ich folgte dem Strahl deiner Augen,
und die Zunge lallte uns Süße...
(So lallt sie, so lallt sie noch immer.)

Stille! Der Dorn dringt dir tiefer ins Herz:
er steht im Bund mit der Rose.

安静!

安静！我要用刺扎进你的心,
因为玫瑰,那朵玫瑰
和影子一起站在镜中,它在流血!
它以前就流血,那时我们混淆了是与非,
正当我们悠然慢饮,
有只杯子从桌上掉下,当啷一声:
宣告一个黑夜降临,它黑下来比我们长久。

我们曾用贪婪的嘴去喝:
它味如苦胆,
却像酒一样冒泡——
我跟随你眼睛的光线,
而舌头在向我们诉说甜蜜……
(如今还说着,还在喃喃说着[1]。)

安静！刺更深地扎进你的心:
它要和玫瑰捆扎在一起。

---

* 此诗1951年底作于巴黎。今存手稿、打字稿及副本共5份,其中耶内氏存稿(Besitz Jené)有策兰亲笔标注的日期:Paris, Weihnachten 1951 [巴黎,1951年圣诞节]。又策兰在其《罂粟与记忆》第三版(1958)手头点校本中追记:此诗1950或1951年作于巴黎。最初发表于维也纳宗教文化月刊《词与真》1952年6月号。

1 耶内氏存稿及《词与真》刊本此句均作 So lallt sie, Geliebte, noch immer [如今它还说着,亲爱的,还在喃喃说着]。参看图宾根本TCA/MG卷,前揭,第118页;《全集》HKA本,第2/3卷,第2分册,前揭,第256页。

WASSER UND FEUER

So warf ich dich denn in den Turm und sprach ein Wort zu den Eiben,
draus sprang eine Flamme, die maß dir ein Kleid an, dein Brautkleid:

Hell ist die Nacht,
hell ist die Nacht, die uns Herzen erfand,
hell ist die Nacht!

Sie leuchtet weit übers Meer,
sie weckt die Monde im Sund und hebt sie auf gischtende Tische,
sie wäscht sie mir rein von der Zeit:

水与火

我就这么把你扔进钟楼并跟紫杉[1]说了一句话,
一朵火焰跳出来,给你裁了一袭长裙,你的新娘嫁衣:

夜色明亮,
这明亮的夜,曾给我们发明了心,
明亮的夜!

如今远远投照在海上,
唤醒海峡的每一轮月,把它托起放在浪花的桌,
还替我洗净它身上的时间之迹:

---

* 此诗1951年9月作于巴黎。今存打字稿及副本多份,其中寄给克莱尔·高尔的一份打字副本(Nachlaß Claire Goll)下方有策兰本人用法文写的亲笔落款:Paul Celan / à Claire, Paris, septembre 51 [保罗·策兰 / 寄克莱尔,巴黎,1951年9月];德慕斯所存打字稿有策兰另笔修改的痕迹,但所标日期"1951年11月"疑出自他人之手。最初发表于柏林前卫文学丛刊《铅锤》(*Das Lot*)1952年第六期。又,策兰后来在其《罂粟与记忆》第三版(1958)手头点校本中补记:"[……]巴黎,1951年 / 茉莉小姐,斯特林堡影片 / — i —"译按:策兰此处提到的"茉莉小姐"系瑞典导演阿尔夫·斯约堡(Alf Sjöberg)根据斯特林堡同名剧本改编和执导的影片,于1951年5月中在法国戛纳电影节放映;记文中的"i"为法文 image 的缩写(策兰文稿和笔记中常用此符号作为"意象"、"灵感"或"创作来源"的标记)。此记影片放映的年月,盖以兹记忆,而策兰写作此诗是否与影片有关,暂无资料印证。

1 紫杉:又称赤柏杉,学名 Taxus,红豆杉科常绿乔木。德慕斯藏稿一度拟作 Espen[杨树],第25行诗同,作 ein Hauch in den Espen [白杨林中的一缕轻烟]。克莱尔·高尔存稿作 Massholder [栓皮槭],第25行亦同,作 ein Hauch im Massholder [栓皮槭丛中的一缕轻烟]。盖策兰不同时期抄寄他人的稿本中个别词语另行改动或斟酌未定。参看图宾根本 TCA/MG 卷,前揭,第120-121页;《全集》HKA 本,第2/3卷,第2分册,前揭,第258页。译按:Massholder 系槭树的德文旧称,与 Ahorn 同义,多多指 Feldahorn [栓皮槭]。栓皮槭者,欧洲常见树种,学名 Acer campestre,槭树科高大乔木,树皮灰白呈龟裂状,秋季叶子变红,异常灿烂。

Totes Silber, leb auf, sei Schüssel und Napf wie die Muschel!

Der Tisch wogt stundauf und stundab,
der Wind füllt die Becher,
das Meer wälzt die Speise heran:
das schweifende Aug, das gewitternde Ohr,
den Fisch und die Schlange –

Der Tisch wogt nachtaus und nachtein,
und über mir fluten die Fahnen der Völker,
und neben mir rudern die Menschen die Särge an Land,
und unter mir himmelts und sternts wie daheim um Johanni!

Und ich blick hinüber zu dir,
Feuerumsonnte:
Denk an die Zeit, da die Nacht mit uns auf den Berg stieg,
denk an die Zeit,
denk, daß ich war, was ich bin:
ein Meister der Kerker und Türme,
ein Hauch in den Eiben, ein Zecher im Meer,
ein Wort, zu dem du herabbrennst.

死去的银子,复活吧,就做贝壳那样的盆碗!

桌子在时间中时起时伏,
风满酒盏,
海水漂来食物:
游窜的眼,风雨般的耳,
鱼和蛇——

桌子在夜色里时隐时现,
于是我头顶上诸民的旗帜翻卷如潮,
我身边的众人把棺木划向陆地,
而下面苍天一览星辰灿耀如同家中过施洗约翰节[1]!

我举目朝你望去,
浴火之女:
想想那个时代吧,夜和我们一起登上山顶,
想想那个年月,
想想,我还是从前那个我:
土牢和钟楼的工匠,
紫杉丛中的一缕轻烟,海中的一个饮者,
一个词,你火光烨烨下来找他。

---

1 施洗约翰节:Johanni 或 Johannistag,传统基督教节日;新教译作施洗约翰节,天主教译作圣若翰洗者节,通常在儒略历 6 月 24 日这天。因与欧洲(尤其北欧)传统的仲夏节(Mittsommerfest,通常在儒略历 6 月 21-25 日之间)碰到一起,故施洗约翰节有时亦用来指仲夏节。诗中 um Johanni 写法有双重含义,既指施洗约翰节,亦可指仲夏节,也即夏夜星空最为清朗的季节。

ZÄHLE die Mandeln,
zähle, was bitter war und dich wachhielt,
zähl mich dazu:

Ich suchte dein Aug, als du's aufschlugst und niemand dich ansah,
ich spann jenen heimlichen Faden,
an dem der Tau, den du dachtest,
hinunterglitt zu den Krügen,
die ein Spruch, der zu niemandes Herz fand, behütet.

Dort erst tratest du ganz in den Namen, der dein ist,
schrittest du sicheren Fußes zu dir,
schwangen die Hämmer frei im Glockenstuhl deines Schweigens,
stieß das Erlauschte zu dir,
legte das Tote den Arm auch um dich,
und ihr ginget selbdritt durch den Abend.

Mache mich bitter.
Zähle mich zu den Mandeln.

数杏仁

数杏仁,
数数那苦涩使你不眠的东西,
把我也数进去:

你睁眼时没人看你,而我曾寻觅你的眼睛,
我纺过秘密的线,
上面有你想象的露珠,
它落下来掉进罐子,
有一句找不到人心的格言,在守护它。

只有在那里你完全回到你的名字,
脚步坚定地走向你自己,
于是你阒静的钟架上钟锤自由摆动,
那隐约听见的撞你心头,
那死去的也用手臂搂着你,
于是你们三人一起在暮色中远去。

让我变苦,
把我数进杏仁。

---

* 这首堪称杰作的诗,作于 1952 年 4 月 30 日(据策兰本人在其《罂粟与记忆》第三版(1958)手头点校本中追记的日期)。最初发表于维也纳宗教文化月刊《词与真》1952 年 6 月号。此诗是策兰生前朗诵次数最多的作品之一。

骨灰瓮之沙
DER SAND AUS DEN URNEN
〔1948年维也纳版〕

《骨灰瓮之沙》(*Der Sand aus den Urnen*)是保罗·策兰正式付梓的第一部诗集,1948年10月由奥地利A. Sexl出版社在维也纳刊印。诗集出版后,由于书中有诸多印刷讹误,策兰遂通知出版人停止发行;此后亦不复再行修订,此书遂告停版。

这部诗集收录策兰1940至1948年诗作48首,包括其成名作《死亡赋格》首次以德文版出现,书中并配有德国超现实主义画家埃德加·耶内(Edgar Jené)的两幅原创铜版画插图。诗集停版后,策兰将该书第二辑中的26首诗重新编入1952年在德国出版的《罂粟与记忆》。

见于本卷的《骨灰瓮之沙》诗集作品,系策兰抽出26首另行编入《罂粟与记忆》之后,原书剩下的其余篇作。特此说明。原书完整目录参看附于本卷书末的"1948年维也纳版《骨灰瓮之沙》篇目"。

1948年维也纳版《骨灰瓮之沙》封面

在门前
AN DEN TOREN

DRÜBEN

Erst jenseits der Kastanien ist die Welt.

Von dort kommt nachts ein Wind im Wolkenwagen
und irgendwer steht auf dahier...
Den will er über die Kastanien tragen:
»Bei mir ist Engelsüß und roter Fingerhut bei mir!
Erst jenseits der Kastanien ist die Welt...«

Dann zirp ich leise, wie es Heimchen tun,
dann halt ich ihn, dann muß er sich verwehren:
ihm legt mein Ruf sich ums Gelenk!

那边

栗树的那边才是世界[1]。

夜里风驾着云车从那边来
这里不知谁起身……
风要把他带过栗树林:
"我这里有水龙骨,有红色毛地黄![2]
栗树的那边才是世界……"

我赶紧呴呴叫,像个家蟋蟀,
于是我拉住他,他必须回心转意:
我的呼唤盘住了他的骨节!

* 策兰早期作品。多份手稿见于作者青年时代同乡学友艾迪特·希尔伯曼、阿尔弗雷德·基特纳、埃里希·艾因霍恩和露特·拉克纳(后从夫姓克拉夫特)等私人存稿,均未标注写作年代。据策兰在其《骨灰瓮之沙》1948 年维也纳刊本手头点校本中追记,此诗作于"1940 / 1941 年"。露特·克拉夫特所辑《保罗·策兰 1938-1944 年诗稿》(*Paul Celan, Gedichte 1938-1944*,手稿影本和印刷字本合二册)录有此诗。又,1954 年策兰接受南德意志广播电台记者施威德赫姆采访时称这首诗是他"20 岁"时所作,一首明显有"童话"风格的诗(参看《细晶石,小石头——保罗·策兰散文遗稿》,Suhrkamp 出版社,前揭,第 190 页)。

1 这里提到的栗树(Kastanie)实为欧洲七叶树,学名 Aesculus hippocastanum,德文名 Roßkastanie(直译"马栗")。无患子科高大乔木,春夏开花,花白色。

2 **水龙骨**:原文 Engelsüß(直译"天使甜"),多足蕨(Tüfelfarn)的德文俗称,学名 Polypodium vulgare;多年生附生蕨类植物,生于阴湿岩石或树干上。中文名称又叫"石兰"、"青龙骨"、"抱树莲"等。德人称为"天使甜",盖因此草的根茎有甘味,可入药。据 Friedrich Kluge 和 Alfred Götze 编著的《德语词源学辞典》考释,此德文俗称源于民间说法,认为水龙骨是天使带到大地上来的一种草药,可治中风(参看 *Etymologisches Wörterbuch der deutschen Sprache*,第 16 版,柏林,1953 年,相关条目)。**毛地黄**:学名 Digitalis purpurea,玄参科草本植物,茎直立,开成串倒钟形花,花色有黄、白、红、粉红、紫红等。德文名 Fingerhut 意为"顶针花",中国人亦称之为"指顶花"。

Den Wind hör ich in vielen Nächten wiederkehren:
»Bei mir flammt Ferne, bei dir ist es eng...«
Dann zirp ich leise, wie es Heimchen tun.

Doch wenn die Nacht auch heut sich nicht erhellt
und wiederkommt der Wind im Wolkenwagen:
»Bei mir ist Engelsüß und roter Fingerhut bei mir!«
Und will ihn über die Kastanien tragen –
dann halt, dann halt ich ihn nicht hier...

Erst jenseits der Kastanien ist die Welt.

多少个夜晚我听见那风又回过头来:
"我这里燃烧着远方,你那儿太窄迫……"
于是我呴呴叫,像个家蟋蟀。

今晚夜色若是不明亮
风还会驾着云车来:
"我这里有水龙骨,有红色毛地黄!"
说着又要把他带过栗树林——
我赶紧拉住他,拉也拉不住……

栗树的那边才是世界。

TRAUMBESITZ

So leg das Laub zusammen mit den Seelen.
Schwing leicht den Hammer und verhüll das Angesicht.
Krön mit den Schlägen, die dem Herzen fehlen,
den Ritter, der mit fernen Mühlen ficht.

Es sind nur Wolken, die er nicht ertrug.
Doch klirrt sein Herz von einem Engelsschritte.
Ich kränze leise, was er nicht zerschlug:
die rote Schranke und die schwarze Mitte.

梦之居有

那就把叶子和灵魂放在一起。
轻轻挥动锤子并蒙上脸。
用心灵缺少的击打给他加冕,
骑士,与遥远的风车斗剑[1]。

那只是云,他不能忍受。
可天使的脚步使他的心儿响叮当。
他未敲破的,我小心饰以花环[2]:
红色围栏,黑色的中心[3]。

---

* 策兰早期作品。今存早期手稿和打字稿 5 份,均未标注年代。据策兰在其《骨灰瓮之沙》1948 年维也纳刊本手头点校本中追记,此诗作于 1940 / 1941 年。露特辑本《保罗·策兰 1938-1944 年诗稿》推定作于 1943 年。译按:诗题 Traumbesitz 在德文中多指梦中居有之物或心中向往之物(遗产、宝藏等),尤指精神境界。19 世纪瑞士德语作家、诗人康拉德·斐迪南·迈尔(Conrad Ferdinand Meyer,1825-1898)写有一首同题诗,诗中云:"所有的树叶和所有的果实 / 枝头上的鸟 / 池塘里的鱼 / 都焕发出最华美的金光","怀着内心的秘密 / 探以精神的目光 / 我沉浸在光明的奇迹里 / 在无法估量的宝藏中"(*Gedichte*, H. Haessel 出版社,莱比锡,1882 年,第 30 页)。
1 注家多以为此句影射西班牙小说家塞万提斯长篇小说《堂吉诃德》中的骑士。
2 布加勒斯特罗马尼亚文学博物馆藏打字副本(MLR,25.006-1,26)此句作 Ich schmücke leise, was er nicht zerschlug [他未敲破的,我小心装饰它]。参看《全集》HKA 本,第 2/3 卷,第 1 分册,前揭,第 70 页。
3 围栏:Schranke,旧指竞技场的围栏,今泛指围场,亦指护栏或交通要道设置的栏障木;转义指界限、范围、限制。有注家以为此句影射红罂粟花。罂粟花行将凋落时,其辐射状花芯柱头变深紫色或黑褐色。关于此说,参看 Hugo Bekker 著《保罗·策兰早期诗歌研究》(*Paul Celan: Studies in His Early Poetry*),Rodopi B.V. 出版社,阿姆斯特丹 – 纽约,2008 年,第 64-66 页。

SCHLAFLIED

Über die Ferne der finsteren Fluren
hebt mich mein Stern in dein schwärmendes Blut.
Nicht mehr am Weh, das wir beide erfuhren,
rätselt, der leicht in der Dämmerung ruht.

Wie soll er, Süße, dich betten und wiegen,
daß seine Seele das Schlummerlied krönt?
Nirgends, wo Traum ist und Liebende liegen,
hat je ein Schweigen so seltsam getönt.

Nun, wenn nur Wimpern die Stunden begrenzen,
tut sich das Leben der Dunkelheit kund.
Schließe, Geliebte, die Augen, die glänzen.
Nichts mehr sei Welt als dein schimmernder Mund.

摇篮曲

越过田野晦暗的远方,
我的星让我在你狂想的血中飞升。
不再有我俩经历的痛苦,
你们猜,谁在暮色里慢慢静下来。

亲爱的, 该怎样把你安顿把你轻摇,
他的灵魂才使这摇篮曲锦上添花[1]?
何尝有过,在梦和爱人的长眠处,
如此绝妙地给寂静谱上曲调。

如今,只有当睫毛拦住了时间,
生命也就认识了黑暗[2]。
爱人,合上你明亮的双眼吧。
万事皆空,除了你闪烁的嘴唇。

---

* 此诗1943年3月25日作于苦役集中营。今存手稿和打字副本共8份,最早的一份手稿见于作者1942-1943年在罗马尼亚东部塔巴雷斯蒂苦役集中营的笔记本 *Das Notizbuch aus Tăbăreşti*("塔巴雷斯蒂笔记本"),原题《摇篮曲之二》(*Das andere Schlaflied*),以示区别于更早的另一首同题诗(编入《早期诗歌》*Frühe Gedichte*)。"塔巴雷斯蒂笔记本"手稿影印件详见德意志文学档案馆刊《马尔巴赫杂志》(*Marbacher Magazin*) 90/2000特刊《保罗·安切尔/保罗·策兰在切尔诺维茨》(俄德双语版),葛豪斯(Axel Gellhaus)编,2001年,斯图加特,第71页。露特·克拉夫特所藏1946年《骨灰瓮之沙》诗稿打字副本('*SU 1946*' aus Besitz RK)诗题下有 Für Ruth [给露特] 题辞。最初与《海之歌》等共七首诗一起发表于1948年2月7日苏黎世《行动报》(*Die Tat*)文学副刊。
1 他的灵魂:策兰1950年的一份打字副本(AA 3.3,62,DLA)作 deine Seele [你的灵魂]。参看《全集》HKA本, 第2/3卷, 第1分册, 全集, 第73页。
2 黑暗(Dunkelheit):"塔巴雷斯蒂笔记本"手稿曾拟作 Dämmerung [薄暮]。参看《马尔巴赫杂志》90/2000特刊《保罗·安切尔/保罗·策兰在切尔诺维茨》,前揭,第71页。

AM BRUNNEN

Wie heb ich, sag, auf brüchigen Gelenken
den Krug voll Nacht und Übermaß?
Versonnen ist dein Aug von Angedenken;
von meinem Schritt versengt das hohe Gras.

Wie dir das Blut, wenn Sterne es befielen,
ward mir die Schulter einsam, weil sie trug.
Blühst *du* der Art von wechselnden Gespielen,
lebt *sie* der Stille aus dem großen Krug.

Wenn sich die Wasser dir und mir verfinstern,
sehn wir uns an – doch was verwandeln sie?
Dein Herz besinnt sich seltsam vor den Ginstern.
Der Schierling streift mir träumerisch die Knie.

井边

说,以这朽烂的关节,我怎能
打上来满罐的黑夜和富足?
你的眼睛因充满怀念而出神;
高高的青草被我的脚步烧焦。

就像那血在你身上,当星辰袭来,
它就成了我荒寂的肩胛,因为它能承受。
你以交换游伴的方式绽放鲜花,
而她靠那只硕大的水罐过清静日子。

尽管水对你我都会变暗,
还是照一照吧——水中变幻的是什么?
难得你的心在染料木[1]前思绪万千。
而恍惚中野芹[2]轻拂我的膝头。

---

* 此诗1943年6月20日作于罗马尼亚东部塔巴雷斯蒂苦役集中营。今存手稿和打字副本共5份,原始手稿见于作者1942-1943年在苦役集中营的"塔巴雷斯蒂笔记本"。最初与《乱》等共17首诗以"骨灰瓮之沙"为总题发表于战后维也纳前卫艺术批评杂志《计划》(*Plan*)卷二第6期(1948年2月)。

1 **染料木**:学名Genista,中文别名金雀花,豆科植物,落叶大灌木或亚灌木,种类多,通常生长在砂石地带,4、5月开金黄色花。策兰不同时期的诗中多次写到"染料木",这种植物的黄色花常让他想起犹太人被强迫佩戴的黄色六角星标志。

2 **野芹**:原文Schierling,学名Conium maculatum,通称毒芹,斑毒芹,多年生草本植物,开伞形花序,花白色,全株有毒,所含生物碱能致幻及致命。据柏拉图描述,苏格拉底即喝这种毒芹而死。又,中文通常所称之"毒芹",乃同属毒芹属的另一伞形科同类植物,学名Cicuta virosa(德文Wasserschierling),别名芹叶钩吻,亦称野芹菜,毒人参,与上述野芹一样,全草有毒,含可致命的毒芹碱。

REGENFLIEDER

Es regnet, Schwester: die Erinnerungen
des Himmels läutern ihre Bitterkeit.
Der Flieder, einsam vor dem Duft der Zeit,
sucht triefend nach den beiden, die umschlungen
vom offnen Fenster in den Garten sahn.

Nun facht mein Ruf die Regenlichter an.

Mein Schatten wuchert höher als das Gitter
und meine Seele ist der Wasserstrahl.
Gereut es dich, du Dunkle, im Gewitter,
daß ich dir einst den fremden Flieder stahl?

雨中丁香

下雨了,妹妹:天空的
回忆提纯了它的苦味。
丁香,寂寞地开在时间的气味前,
湿淋淋地寻找那一对人儿,他们曾经相拥着
从敞开的窗口朝花园张望。

此刻我的呼唤拨亮了风雨灯。

我影子丛生盖过了窗格子,
我的灵魂是那水柱。
你,黑暗之人,是否在风雨中后悔
我偷了你那枝奇异的丁香?

---

* 此诗 1943 年 4 月 30 日作于塔巴雷斯蒂苦役集中营。今存 1946 年以前手稿、打字稿及副本共 6 份。原始手稿见于作者 1942-1943 年在苦役集中营的"塔巴雷斯蒂笔记本"。该笔记本中另有一个用法语写成的片段,仅见首二句:Il pleut : les souvenirs du ciel distillent leur amertume... [下雨了:天空的回忆提纯了它的苦味……],当是此诗初稿。原诗无标题。今标题系策兰 1946 年在布加勒斯特整理诗稿时所加。露特辑本《保罗·策兰 1938-1944 年诗稿》将起首句"下雨了,妹妹"以斜体字排印,代为标题。

EIN KRIEGER

Hörst du: ich rede zu dir, wenn schwül sie das Sterben vermehren.
Schweigsam entwerf ich mir Tod, leise begegn ich den Speeren.

Wahr ist der endlose Ritt. Gerecht ist der Huf.

Fühlst du, daß nichts sich begibt als ein Wehn in den Rauten ?
Blutend gehör ich getreu der Fremden und rätselhaft Trauten.

Ich steh. Ich bekenne. Ich ruf.

一个战士

听着:我有话相告,如果他们荒淫无耻让死亡繁殖。
我默默为自己准备了死,我坦然面对枪矛。

无边的驰骋是真实的。蹄子是正义的。

你觉察到了吗,除了风吹芸香别无动静[1]?
纵然抛洒鲜血我也是个忠诚的路人,神秘的亲者。

我站立。我表白。我呐喊[2]。

---

* 此诗1943年4月2日作于摩尔多瓦苦役集中营。今存手稿和打字稿9份,最早的一份手稿见于作者1942-1943年在苦役集中营的"塔巴雷斯蒂笔记本"。露特辑本《保罗·策兰1938-1944年诗稿》录有此诗。玛丽丝·扬茨(Marlies Janz)和芭芭拉·魏德曼-沃夫(Barbara Wiedemann-Wolf)认为,此诗与《你白白把心画在》(见本书第13页)可视为姐妹篇,均是策兰早期受里尔克散文体叙事诗《军旗手克里斯托弗·里尔克的爱与死之歌》启发,从历史角度描写"战争与死亡"主题的作品。参看和芭芭拉·魏德曼-沃夫著《从安切尔·保罗到保罗·策兰》(*Antschel Paul-Paul Celan. Studien zum Frühwerk*),Niemeyer出版社,图宾根,1985年,第195-196页。
1 "塔巴雷斯蒂笔记本"手稿此句曾拟作 daß nichts sich begibt als ein Wehen von Rauten [除了芸香来风别无动静]。参看《马尔巴赫杂志》90/2000特刊《保罗·安切尔/保罗·策兰在切尔诺维茨》,前揭,第79页;《全集》HKA本,第2/3卷,第2分册,前揭,第83页。译按:芸香,Raute(复数 Rauten),学名Ruta,芸香科植物,尤指此类植物中的一种Ruta graveolens(意为"臭草")。原产地中海沿岸,分布于欧亚大陆,春夏开花,花暗黄色,全株味苦,散发浓烈气味,可作香料及入药。中国古代用于防虫辟蠹,而西人自中世以来多以为此草有驱邪祛病之功效,称之为"驱邪草"(Apotropäum);又因此草充满阴暗和哀楚之意味(gilt als Kraut von düsterer, trauriger Bedeutung),故欧洲人亦有将之置于死者坟头之俗,谓之"死人草"(Totenkraut)。参看《德语民俗简明词典》(*Handwörterbuch des deutschen Aberglaubens*)第七卷,贝赫托尔德·施泰布利(Hanns Bächtold-Stäubli)编著,De Gruyter出版社,柏林,1987年,第544页,第547页以下。欧洲民俗中更有将此草视为不祥之物者,特拉克尔有诗(《傍晚的圆舞》第二稿)云:"一株静静的芸香草,/一株飘满忧郁的芸香/轻轻落在门槛。/咔嚓一声!/一把镰刀劈下来。"参看《格奥尔格·特拉克尔诗歌与书信集》(*Georg Trakl, Dichtungen und Briefe*),Otto Müller出版社,萨尔茨堡,1974年,第106页。
2 此句式让人联想到凯撒(G.I.Caesar)的名言:"我来了,我见,我征服"(Veni, vidi, vici)。

MOHN

Die Nacht mit fremden Feuern zu versehen,
die unterwerfen, was in Sternen schlug,
darf meine Sehnsucht als ein Brand bestehen,
der neunmal weht aus deinem runden Krug.

Du mußt der Pracht des heißen Mohns vertrauen,
der stolz verschwendet, was der Sommer bot,
und lebt, daß er am Bogen deiner Brauen
errät, ob deine Seele träumt im Rot.

Er fürchtet nur, wenn seine Flammen fallen,
weil ihn der Hauch der Gärten seltsam schreckt,
daß er dem Aug der süßesten von allen
sein Herz, das schwarz von Schwermut ist, entdeckt.

罂粟

夜携带着须备好的异乡之火,
它能征服星辰中的击杀之物,
我一团火似的思念[1]应能经得起
九次从你那只圆壶[2]吹来的烈焰。

你该相信这炽烈的罂粟之妖娆[3],
它心满意足挥霍了夏日提供的一切,
活着,是为了能在你双眉的弧线上
猜测,是否你的灵魂梦入红光。

它只担心,等到它火焰熄落,
而花园的清风又叫它格外的惊怵,
它会在最迷人的眼眸前
露出它那颗忧郁而变黑的心。

---

* 此诗1943年4月23日作于塔巴雷斯蒂苦役集中营。今存手稿、打字稿及副本6份,原始手稿见于作者1942-1943年在苦役集中营的"塔巴雷斯蒂笔记本"。早期手稿无标题,1946年以后的打字稿添加标题《罂粟》。露特辑本《保罗·策兰1938-1944年诗稿》辑有此诗。最初发表于1948年2月7日苏黎世《行动报》文学副刊。
1 思念:"塔巴雷斯蒂笔记本"手稿曾拟作 Blindheit〖盲瞽〗。
2 圆壶:"塔巴雷斯蒂笔记本"手稿曾拟作 gelben Krug〖黄壶〗。
3 此句"炽烈的罂粟","塔巴雷斯蒂笔记本"手稿一度拟作 Flammemohn〖火焰般的罂粟〗,复改作 Schlummermohn〖沉睡的罂粟〗,详见《马尔巴赫杂志》90/2000特刊《保罗·安切尔/保罗·策兰在切尔诺维茨》,前揭,第92-93页。露特本作 Gartenmohn〖园中罂粟〗,见《全集》HKA本,第2/3卷,第2分册,前揭,第86页。

策兰 1942-1943 年在塔巴雷斯蒂苦役集中营期间抄录诗稿的笔记本（"塔巴雷斯蒂笔记本"）；此手稿为 1943 年作于苦役集中营的诗作《罂粟》

BERGFRÜHLING

In den Körben blau den Rauch der Fernen,
Gold der Tiefen unterm Tuch, dem härnen,
kommst du wieder mit gelösten Haaren
von den Bergen, wo wir Feinde waren.

Deinen Brauen, deinen heißen Wangen,
deinen Schultern mit Gewölk behangen,
bieten meine herbstlichen Gemächer
große Spiegel und verschwiegne Fächer.

Aber oben bei den Wasserschnellen,
über Primeln, du, und Soldanellen,

山里的春天

篮子青青提着远方的烟雾，
粗羊毛披巾下掖着深山的金子，
你重又归来，披散着头发
从山中来，山里我们曾经是冤家。

你的眉，你火热的双颊[1]，
你披着烟霭云霞的双肩，
令我恍惚如见我的秋居[2]
大镜子和清静的书架。

可是在高处的急流边，
在报春花、你和索尔达涅拉草[3]上方，

---

* 策兰早期作品。今存手稿、打字稿及副本共 6 份，均未标注日期。据策兰本人在其《骨灰瓮之沙》1948 年维也纳刊本手头点校本中追记，此诗 1940／1941 年作于切尔诺维茨。最初发表于苏黎世《行动报》文学副刊（1948 年 2 月 7 日）。又，此诗的另一版本于 1949 年 7 月 15 日发表于《观点》（*Standpunkt*）周刊（在意大利北部边陲小镇梅拉诺发行的德文周刊），题为《山中之夏》（*Bergsommer*）。据露特·克拉夫特回忆，这首诗是策兰读托马斯·曼长篇小说《魔山》之后写的（参看露特本《保罗·策兰 1938-1944 年诗稿》编印记，前揭，第 137 页）。

1 奥斯兰德所藏抄件（Abschrift Rose Ausländer）以及布加勒斯特罗马尼亚文学博物馆藏打字稿（MLR 25.006-1,11）此句均作 Deine Armen mit fremden Spangen［你戴着奇异手镯的手腕］。参看《全集》HKA 本，第 2/3 卷，第 2 分册，前揭，第 90 页。
2 秋居：奥斯兰德抄件作 schattigen Gemächer［林荫之居］。参看《全集》HKA 本，第 2/3 卷，第 2 分册，前揭，第 90 页。
3 报春花：德文名 Primel，中文又称樱草，学名 Primula；多年生草本植物，通常在冬春季开花，有大红、粉红、紫、蓝、黄、橙、白等，花色艳丽。索尔达涅拉草：Soldanelle，学名 Soldanella alpina，报春花科草本植物，多见于山地草场，单叶基生，叶子厚实圆若钱币（其名称 Soldanella 来源于拉丁文 *soldus*，一种古罗马铜币），雪融时节开花，花淡蓝色或淡紫色，花冠呈半开裂条状伸展，形似悬铃，（转下页注）

ist wie hier dein Kleid mit goldnen Schnallen
weiß ein Schnee, ein schmerzlicher, gefallen.

彷佛你那身带金扣¹的衣裙猝然落地

白皑皑的，一场雪，痛苦的雪。

(接上页注)故又称高山钟花。译按：高山钟花与开白花的春番红(Crocus vernus)一样，生长于欧洲各地山区，包括喀尔巴阡山麓和诗人的故乡布科维纳，其花茎通常在雪融时节从最后的积雪中钻出，像冲破冰雪破土而出的花。托马斯·曼《魔山》书中有这样的描述："他们凑过去俯身一看，惊讶地发现——那不是雪，而是花，分不清雪的花，还是花的雪，长着短茎小花萼，白或白中带蓝，我敢保证，那是番红花，从渗出水的低洼草地成片冒出来，千姿百态，长得密密麻麻，叫人一眼望去还以为是雪呢，从上面踏过，甚至分辨不出来[……]花的雪被真的雪遮盖了，蓝色的索尔达涅拉草也是如此，接下来黄色和红色报春花的光景也好不到哪去。是的，春天很难冲破重围，战胜这里的冬天！"参看《魔山》(Der Zauberberg)第六章第一节《变迁》，《托马斯·曼全集》(Thomas Mann Gesammelte Werke)第三卷，S. Fischer 出版社，1974年第二版，法兰克福，第 503-504 页。

1 金扣(goldnen Schnallen)：形容词 goldnen，露特本用古体字 güldnen，详见《保罗·策兰1938-1944年诗稿》，Suhrkamp 出版社，前揭，第127页。

DER ÖLBAUM

Die Hörner der Hölle, im Ölbaum verklungen:
stießen sie Luft durch sein Herz, daß es leer ward und schrie?
Schlief er nicht süß über uns und wir waren umschlungen?
Segnest du ihn und verlöschen wir sie?

Einst, als wir Finsternis festlich begingen,
kam er zu uns in den Abgrund und sang.
Nun, da ihn frierende Hörner umfingen,
ließ er uns schlummern und zittert am Hang.

Dürfen wir, licht, wenn die Brände beginnen,
wandernder Ölbaum, hinauf zu dir gehn?
Daß deine Zweige, süß und von Sinnen,
mit uns im Feuer, im riesigen, stehn?

橄榄树

阴曹的兽角,在橄榄树上消停了:
它们把空气捅进了树心,树心空了正好喊叫?
这树不是曾经甜睡在我们头顶吗,而我们曾被它环抱?
难道你为它祝福,我们却要将它熄灭[1]?

从前,当我们欢庆黑暗,
它曾到深渊来找我们并放声歌唱。
现在,冰凉的兽角已经困住了它,
以往它让我们得安息,如今它在山坡上战栗。

等到火焰重新燃起,流浪的橄榄树啊[2],
我们是否可以光明磊落爬到你枝上?
而你的一树嫩枝,甜美而充满感觉,
将和我们一起,在那盛大的火中挺立?

---

* 策兰早期作品。今存 1946 年以前手稿、抄件及打字稿和副本共 5 份,均未标注写作年代。据策兰本人在其《骨灰瓮之沙》1948 年维也纳刊本手头点校本中追记,此诗 1941 / 1942 年作于切尔诺维茨。露特辑本《保罗·策兰 1938-1944 年诗稿》辑有此诗并提供手稿影印件,个别文字及标点与今通行刊本稍有不同。

1 奥斯兰德抄本(Abschrift Rose Ausländer)此句作 Segnen wir ihn und verlöschen wir sie.[我们为它祝福,并且灭了(阴曹的)兽角。]参看《全集》HKA 本,第 2/3 卷,第 2 分册,前揭,第 92 页。露特辑本作 Segnest du ihn und verlöschen sie,后半句疑脱主语 Wir。详见《保罗·策兰 1938-1944 年诗稿》,前揭,第 126 页。

2 末节诗疑取意于《圣经》。《罗马书》记载,使徒保罗向以色列人晓以大义,民族的得救好比砍断的橄榄枝重新回到本树上:"[……]当知道不是你托着根,乃是根托着你。[……]你是从那天生的野橄榄上砍下来的,尚且逆着性接在好橄榄上,何况这本树的枝子要接在本树上呢!"(《罗马书》11:16-24)。

NÄHE DER GRÄBER

Kennt noch das Wasser des südlichen Bug,
Mutter, die Welle, die Wunden dir schlug?

Weiß noch das Feld mit den Mühlen inmitten,
wie leise dein Herz deine Engel gelitten?

Kann keine der Espen mehr, keine der Weiden,
den Kummer dir nehmen, den Trost dir bereiten?

Und steigt nicht der Gott mit dem knospenden Stab

墓畔

南布格河¹的水可还记得，
妈妈，那伤害你的风浪？

那磨坊座落在中间的田野可知道，
你的心温柔地容忍了你的天使？

难道再也没有一棵白杨，一株垂柳²，
能让你摆脱痛苦，给你安慰？

神不再拄着开花的手杖³

---

* 策兰早期作品。今存1946年以前手稿、打字稿及副本共6份，均未标注写作年代。据策兰在其《骨灰瓮之沙》1948年维也纳刊本手头点校本中追记，此诗"1944年（从基辅归来后）作于切尔诺维茨"。露特本《保罗·策兰1938-1944年诗稿》辑有此诗。最初发表于维也纳前卫艺术批评杂志《计划》卷二第6期（1948年2月）。

1 **南布格河**：乌克兰境内河流，由东向南注入黑海。1942年秋冬，策兰的父母先后死于纳粹德国设在南布格河畔的米哈依罗夫卡（Michailowka）集中营，父亲莱奥在囚禁中死于伤寒病，母亲弗里德莉克遭枪杀。1944年6月，策兰曾临时受聘为医护人员随切尔诺维茨一诊所医疗队前往基辅，可能路过该地。此诗系悼母之作。

2 **白杨**（Espe），又称欧洲山杨，欧洲境内常见树木。策兰早期作品中另有一首题为《白杨树》的悼母诗，诗中云："你叶子白亮闪入黑暗……"（见本书第31页），而在欧洲名物文化中，柳被视为"伤悲"的象征。德语有Trauerweide（垂柳，直译"哀柳"）之说，法语亦称垂柳为saule pleureur（直译"哭柳"）。柳树又叫"巴比伦柳"（Salix babylonica），来源于圣经旧约叙事，《诗篇》137（以色列人被掳的哀歌）云："我们曾在巴比伦的河边坐下，一追想锡安就哭了。我们把琴挂在那里的柳树上，因为在那里，掳掠我们的要我们唱歌；抢夺我们的要我们作乐，说：'给我们唱一首锡安歌吧！'"

3 此句盖取义于圣经事典。参看旧约所叙耶和华谕杖及摩西和亚伦救百姓事："于是摩西晓谕以色列人，他们的首领就把杖交给他，按着每支派首领一根，共十二根；亚伦的杖也在其中。""第二天，摩西进法柜的帐幕去。谁知，利未族亚伦的杖已经发了芽，生了花苞，开了花［……］"（《民数记》17:6-8）"百姓向摩西争闹说：'［……］你们为何逼着我们出埃及，领我们到这坏地方呢？这地方不好撒种，也没有无花果树、葡萄树、石榴树，又没有水喝。'［……］耶和华晓谕摩西说：'你拿杖去，和你的哥哥亚伦招聚会众，在他们面前吩咐磐石发出水来［……］'摩西举手，用杖击打磐石两下，就有许多水流出来，会众和他们的牲畜都喝了。"（《民数记》20:3-11）。

den Hügel hinan und den Hügel hinab?

Und duldest du, Mutter, wie einst, ach, daheim,
den leisen, den deutschen, den schmerzlichen Reim?

走上土坡,走下土坡?

妈妈,你还和从前在家时一样,能忍受
这轻盈的,德语的,痛苦诗韵?

DER PFEIL DER ARTEMIS

Für Alfred Margul-Sperber

Die Zeit tritt ehern in ihr letztes Alter.
Nur du allein bist silbern hier.
Und klagst im Abend um den Purpurfalter.
Und haderst um die Wolke mit dem Tier.

Nicht, daß dein Herz nie Untergang erfuhr

阿耳忒弥斯之箭

给阿尔弗雷德·马古 – 施佩伯[1]

时间钢铁般步入残年。

只有你一人在此是银色的。

黄昏时替大红夜蛾叹息。

还为一朵浮云与野兽争吵。

不,但愿你的心从未经受毁灭,

---

* 策兰早期作品。今存手稿 2 份,打字稿及副本 5 份,均未标注写作年代。据策兰在其《骨灰瓮之沙》1948 年维也纳刊本手头点校本(*Handexemplar SU*)中追记,此诗 1944 年作于切尔诺维茨。1948 年 2 月首次发表于维也纳前卫艺术批评杂志《计划》卷二第 6 期,发表时以《时间钢铁般步入》为题。较早的一份手稿(写在一张卡片上),标题曾拟作 *Mythentod*(《神话之死》)。露特本无题辞,亦无标题,而以首句"时间钢铁般步入残年"为题。译按:给阿尔弗雷德·马古 - 施佩伯的题辞,应是策兰 1945 年抵布加勒斯特后所加。

1 阿尔弗雷德·马古 – 施佩伯(Alfred Margul-Sperber,1898-1967):出生在布科维纳的德裔罗马尼亚诗人,早年曾结识卡夫卡并与艾略特通过书信。1945 年春,青年保罗·策兰(时名保罗·安切尔)抵布加勒斯特后与马古 – 施佩伯结为忘年之交,并成为后者家中"诗歌沙龙"的常客,而马氏亦成为策兰诗歌生涯上最早的赏识者和引荐者之一。据露特·克拉夫特和彼得·所罗门等早年朋友回忆,"策兰"(Celan)这个笔名就是马古 – 施佩伯的妻子叶蒂(Ietty)建议采用的。马氏去世后,其私人文稿档案中发现一批策兰早期诗歌打字稿(多达 270 多页,总计上百首诗),现藏布加勒斯特罗马尼亚文学博物馆。1962 年德国 Fischer 出版社"学生读本丛书"版《保罗·策兰诗选》出版后,策兰在给马古 – 施佩伯的一封信里曾谈及《阿耳忒弥斯之箭》这首诗对他本人的特殊意义:"这个(学生读本)诗选中,有一首给我的安慰远在其它一切事情之上:那就是多年前我题献给您的第一首诗。所以您的名字一直在上面:在我上路之初,能走的我都走了,靠词语,靠我们之间交谈过的言词,您的言语,我的文词。对我而言,您永远都是一个典范,亲爱的阿尔弗雷德·施佩伯,我从您那里受益良多,至今未敢忘记[……]"转引自布加勒斯特《新文学》杂志(*Neue Literatur*),1975 年 7 月,第 59 页。亦可参看芭芭拉·魏德曼 – 沃尔夫著《从安切尔·保罗到保罗·策兰》,Niemeyer 出版社,前揭,第 76 页。

und Finsternis nie deinem Aug befahl...
Doch trägt vom Mond noch deine Hand die Spur.
Und in den Wassern sträubt sich noch ein Strahl.

Wie soll, der über himmelblauen Kies
sich mit den Nymphen drehte, leicht,
nicht denken, daß ein Pfeil der Artemis
im Wald noch irrt und ihn zuletzt erreicht?

黑暗也不曾支配你的眼睛……
也许你的手还托着月亮的轨迹,
而水中还竖着一条光线。

那个在天蓝色砾石上的人
曾与山林女神巧妙周旋,
叫他怎能不去想,阿耳忒弥斯[1]有一支箭
还在林中乱窜,最终会射中他?

---

[1] **阿耳忒弥斯**:古希腊神话人物,宙斯和勒托的女儿,阿波罗的孪生姐姐。古代有关阿尔忒弥斯的描述很多,最初是司草木禾谷的丰产女神;后来在荷马史诗中又变成狩猎女神。其形象是一个身穿猎装、背负箭筒的年轻女猎手,身边带着一只赤牡鹿。

SEPTEMBERKRONE

Es trommelt der Specht an den Ast die barmherzige Zeit:
so gieß ich das Öl über Esche und Buche und Linde.
Und winke der Wolke. Und schmücke mein lumpiges Kleid.
Und schwinge die silberne Axt vor dem Sternlein im Winde.

Beschwert sind die östlichen Himmel mit Seidengewebe:
dein lieblicher Name, des Herbstes Runengespinst.
Ach, band ich mit irdischem Bast mein Herz an die himmlische Rebe
und wein, wenn der Wind sich nun hebt, daß du klaglos zu singen
    beginnst?

Herunter zu mir kommt der sonnige Kürbis gerollt:
erschallt ist die heilende Zeit auf den holprigen Wegen.
So ist auch das letzte nicht mein, doch ein freundliches Gold.
So lüftet sich dir noch wie mir jener Schleier aus Regen.

九月之冠

啄木鸟在枝头敲打慈悲的时光：
我把油浇到梣树、山毛榉和椴树上。
我向浮云招手。装点我的破衣裳。
我在风中的小星星面前挥动银斧。

东方天空缀上绫罗织锦而变重了：
你可爱的名字，是秋天的鲁纳文[1]织出来的。
啊，我用人世的树皮把心系于天上的葡萄枝
且系且哭，起风时，你就能无怨无悔地放声歌唱？

太阳葫芦朝我滚下来：
坎坷的道路上已回响着病愈的时光。
虽然最后的不是我的，还是一片亲切的金黄。
每一片雨帘都拨开了，为你也为我。

---

* 策兰早期作品。今存1946年以前打字稿及副本共5份，均未标注日期。据策兰在其《骨灰瓮之沙》1948年维也纳刊本手头点校本（*Handexemplar SU*）中追记，此诗1944年9月作于切尔诺维茨。露特本《保罗·策兰 1938-1944 年诗稿》未见辑录此诗。

1 **鲁纳文**：Rune，古高地德语作 Rûna，日耳曼语族先民使用的古老文字。

FLÜGELRAUSCHEN

Die Taube aber säumt in Avalun.
So muß ein Vogel über deine Hüften finstern,
der halb ein Herz und halb ein Harnisch ist.
Ihm ist es um dein nasses Auge nicht zu tun.
Zwar kennt er Schmerz und holt ihn bei den Ginstern,
doch seine Schwinge ist nicht hier und unsichtbar gehißt.

Die Taube aber säumt in Avalun.

Der Ölzweig ward geraubt von Adlerschnäbeln
und wo dein Lager blaut im schwarzen Zelt zerpflückt.
Rings aber bot ich auf ein Heer auf Sammetschuhn
und laß es schweigsam um den Kranz des Himmels säbeln.
Bis du dich schlummernd nach der Lache Bluts gebückt.

翅膀声

鸽子在阿瓦仑[1]盘桓徘徊。

一只鸟飞到你髋上定会黯然失色,

它半是心灵半是铠甲。

你眼泪汪汪它也爱莫能助。

虽然它懂得痛苦并从染料木中衔了来,

可它翅膀不在这儿,飞起也看不见。

鸽子在阿瓦仑盘桓徘徊。

橄榄枝被鹰嘴叼走了

你的巢在漆黑的天幕中破碎而变蓝。

我从四面召来一支穿天鹅绒鞋的军队

让他们悄悄地围着天堂之冠砍杀。

直到长眠的你低头看见一摊血。

---

* 策兰早期作品。今存 1948 年以前打字副本 2 份,1950 年打字整理稿及副本 4 份。据策兰在其《骨灰瓮之沙》1948 年维也纳刊本手头点校本中追记,此诗 1944 年作于切尔诺维茨。露特本《保罗·策兰 1938-1944 年诗稿》未辑录此诗。

1 鸽子:《圣经》中视为灵物,称圣灵降临"仿佛鸽子下降"(《马太福音》3:16);又以为鸽的翅膀强壮有力,《诗篇》(55:6)云"但愿我有翅膀像鸽子,/我就飞去得享安息。"又言"神的异象"为长翅膀的活物:"活物行走的时候,我听见翅膀的响声,像大水的声音,像全能者的声音,也像军队哄嚷的声音。活物站住的时候,便将翅膀垂下。"(《以西结书》1:24)此似为此诗诗题"翅膀声"之由来。阿瓦仑(Avalun,又写作 Avalon):凯尔特神话中的仙岛。传说岛四周常年为烟雾所笼罩,岛中央有一座圆形石丘,称作大石台(Cromlech),凯尔特人的先王和祭师葬于岛上。在基督教的亚瑟王传奇中,阿瓦伦成为来世和身后之地的象征。传说亚瑟王受致命伤后被其姐妹用小船送到岛上。阿瓦伦遂演变成"最后归宿地"之代称,其确切地点已不可考。但在古高卢语中,Avalon 意为"苹果园",至今仍见于属凯尔特语族的法国布列塔尼方言中;而在印欧语系的早期文化传统中,苹果被认为与"来世"和"不朽"有关。

Das ist: ich hob, als sie gewaltig fochten,
den Scherben über sie, ließ alle Rosen fallen
und rief, als mancher sie ins Haar geflochten,
den Vogel an, ein Werk des Trosts zu tun.
Er malt dir in das Aug die Schattenkrallen.

Ich aber seh die Taube kommen, weiß, aus Avalun.

这就是：趁他们鏖战之时，我把
花盆举到他们头上，让玫瑰全都凋落
而且，就像有人把它编进头发，
我唤来那只鸟完成一件告慰的作品。
它将爪的飞影画进你的眼睛[1]。

我看见那只鸽子，白色的，从阿瓦仑飞来。

---

1 "它将爪的飞影画进你的眼睛"句：1950 年修订稿（AA 3.3,56,DLA）一度改做 Er malt mir das Aug in die Schattenkrallen［它替我把眼睛画进爪的飞影］；复改做 Er malt dir das Aug in die Schattenkrallen［它替你把眼睛画进爪的飞影］。参看《全集》HKA 本，第 2/3 卷，第 2 分册，前揭，第 104 页。

DER EINSAME

Mehr als die Taube und den Maulbeerbaum
liebt mich der Herbst. Und mir schenkt er den Schleier.
»Nimm ihn zu träumen«, stickt er den Saum.
Und: »Gott ist auch so nahe wie der Geier«.

Doch hob ich auf ein ander Tüchlein auch:
gröber als dies und ohne Stickerein.
Rührst du's, fällt Schnee im Brombeerstrauch.
Schwenkst du's, hörst du den Adler schrein.

孤独者

比起鸽子和桑树
秋天更爱我。它送我面纱。
"拿去做梦吧,"说着就给绣上了花边。
还说:"上帝跟秃鹫一样离得很近。"

可我已经有了一条小披肩:
比这条粗糙,不带刺绣。
弹一弹,黑莓子树丛就下雪。
挥动它,你就听见山鹰啼叫。

---

* 策兰早期作品。今存 1946 年以前早打字副本 4 份,1950 年打字整理稿及副本 4 份。策兰在其《骨灰瓮之沙》1948 年维也纳刊本手头点校本中追记,此诗写作年代已记不清,或 1944 年作于切尔诺维茨,或 1945 年作于布加勒斯特。

SCHWARZE FLOCKEN

Schnee ist gefallen, lichtlos. Ein Mond
ist es schon oder zwei, daß der Herbst unter mönchischer Kutte
Botschaft brachte auch mir, ein Blatt aus ukrainischen Halden:

»Denk, daß es wintert auch hier, zum tausendstenmal nun
im Land, wo der breiteste Strom fließt:
Jaakobs himmlisches Blut, benedeiet von Äxten...
O Eis von unirdischer Röte – es watet ihr Hetman mit allem
Troß in die finsternden Sonnen... Kind, ach ein Tuch,

黑雪花

落雪了,没有光。一个月亮
或者两个已经爬上来,自从秋天披着僧衣
给我也捎来消息,来自乌克兰山野的一片叶[1]:

"想想,这里也是冬天了,千倍地降临
在这最宽阔的大河奔流之地:
雅各[2]的天血,被斧头祝福……
哦,冰透出非人世的红——让那统领[3]涉水过河
率辑车进入昏暗的太阳……孩子,喏一块头巾,

---

* 策兰早期作品。今存1946年以前打字副本4份,均未标注写作年代。据策兰本人在其《骨灰瓮之沙》1948年维也纳刊本手头点校本(*Handexemplar SU*)中追记,此诗1943年作于帕什卡尼(Paşcani)或作于切尔诺维茨,校本中并写有简短附记:"忆帕什卡尼火车站的雪——拉德扎尼(Rădăzani)集中营。"译按:帕什卡尼是位于摩尔多维亚平原的一座罗马尼亚城市,当年拉德扎尼集中营就设在城郊。1942年7月至1944年2月,策兰曾在这一带的集中营做苦役。此诗最初以《落雪了》为题,发表于维也纳前卫艺术批评杂志《计划》卷二第6期(1948年2月)。露特辑本《保罗·策兰1938-1944年诗稿》未见收录此诗。

1 **一片叶**:ein Blatt,在德文中亦指"一页纸"或"一页信笺"。此言收到从乌克兰捎来的信。1942年秋冬,策兰的父母先后死于纳粹德国设在乌克兰境内南布格河畔的米哈伊罗夫卡集中营。上句"**秋天披着僧衣**":据传记作者夏尔芬(Israel Chalfen)推测,是年秋策兰可能收到母亲从集中营托神职人员捎出的一封信,信中告知其父死讯。参看夏尔芬著《保罗·策兰青年时代传记》,*Paul Celan. Eine Biographie seiner Jugend*, Insel 出版社,法兰克福,1979年,第126页。

2 **雅各**:通书 Jakob,策兰在此诗中按希伯来文惯例写作 Jaakob。圣经人物,以撒的次子,被尊为犹太人的第三代祖宗。圣经旧约《创世记》(28-35)记载:神托梦给雅各,将周围土地赐与他和他的后裔;雅各一觉醒来,遂将枕石立为神殿之柱;神后来又让雅各改名为以色列。传说雅各娶舅父拉班二女为妻,生十二子,是为犹太十二部族之祖先。

3 **统领**:原文 Hetman(乌克兰语 Гетьман),指15至18世纪波兰、立陶宛和乌克兰大公国统帅或最高军事指挥官的头衔,音译"盖特曼"。

mich zu hüllen darein, wenn es blinket von Helmen,
wenn die Scholle, die rosige, birst, wenn schneeig stäubt das Gebein
deines Vaters, unter den Hufen zerknirscht
das Lied von der Zeder...
Ein Tuch, ein Tüchlein nur schmal, daß ich wahre
nun, da zu weinen du lernst, mir zur Seite
die Enge der Welt, die nie grünt, mein Kind, deinem Kinde!«

Blutete, Mutter, der Herbst mir hinweg, brannte der Schnee mich:
sucht ich mein Herz, daß es weine, fand ich den Hauch, ach des Sommers,
war er wie du.
Kam mir die Träne. Webt ich das Tüchlein.

把我蒙起来,当头盔闪亮,
当泛红的土地迸裂,当你祖先的遗骨雪一样
四溅,铁蹄下声声欲断
那雪松之歌[1]……
一块头巾,一块小小的头巾,让我保留,
你还刚学会流泪,让我身边保留
天地的一角,我的儿,这人世不会为你的孩子变绿!"

妈妈,秋天流着血离我而去,雪已灼痛我:
我寻找我的心,让它流泪,我找到了这气息,哦,夏天的,
就像是你。
泪水涌上来。我编织了这块小头巾。

---

1 雪松之歌:犹太叙事歌谣。据 KG 本考订,这首叙事歌谣收于世界马加比协会(Makkabi-Weltverband)编辑出版的《犹太歌谣集》(*Jüdisches Liederbuch*, Jüdischer Verlag, Berlin,1930),其首阕和尾阕唱道:"在那浮云亲吻雪松的地方,约旦河滔滔奔流;那是我先人遗骨安息之地,田野喝了马加比的血:这片紧靠蔚蓝海岸的美丽土地,是我可爱的家乡。"译按:马加比(Makkabäer)系公元前一、二世纪犹太教历史传说中的人物。"马加比"这个名字原是犹大别号,意为"锤子",后成为为自由而战的犹太民族领袖的通称。有关马加比时代犹太人反抗迫害的传说,见于《七十子希腊文本圣经》抄本。另外,列旦约外典的《马加比传上》记叙了犹太·马加比三兄弟率领犹太人抗击撒马利亚和叙利亚入侵者的故事。

DIE SCHWELLE DES TRAUMES

Mit schwieligen Händen liest du mir auf die Körner der Stille.
Es war meine Seele ihr Sieb, gefüllt sind nun siebenzehn Krüge:
die Stadt, wo du weilst über Nacht. Im Fenster schwankt die Kamille:
ich aß hier zu Abend vom Staub ihrer Blüte... Ertrüge

auch sie dieses Schweigen wie du? Und sind nicht *zwei* Schwestern zuviel?
Ich geh noch vors Haus zu forschen nach Wasser im Sande:
leer blieb der letzte, der achtzehnte Krug, dem die Blume der Wiesen entfiel.
Wie seltsam dahingilbt dein Haar! Ich löse die blaue Girlande.

梦的门坎

你用长茧的手为我拾起这静界的谷粒。
我的灵魂曾是它的谷筛,十七个罐子已经装满[1]:
这城,你在它的夜之上流连。窗口摇着母菊[2]:
我在这里用晚餐,吃了它的花尘……难道

她也和你一样能忍受这寂静?两个姐妹不算多吧?
我还是上门去打听沙丘里有没有水:
第十八只罐子[3],最后那只,空着,落满野花。
奇怪的是你的头发全黄了!我解下蓝绸带。

---

* 策兰早期作品。今存手稿 1 份,见于策兰中学时代同窗女友艾迪特·希尔伯曼藏稿(Konvolut Silbermann),另有 1946 年打字稿及副本 5 份,均未标注写作年代。据策兰本人在其《骨灰瓮之沙》1948 年维也纳刊本手头点校本中追记,此诗可能是 1944 年作于切尔诺维茨。露特本《保罗·策兰 1938-1944 年诗稿》未辑录此诗。
1 "我的灵魂"句:希尔伯曼藏稿作 deine Seele [你的灵魂]。十七个罐子:句中基数词十七,原文 siebenzehn 为旧体字,今通书 siebzehn。
2 母菊:Kamille,学名 Matricaria,菊科植物,多生于河谷、旷野或田边,亦有盆栽,春夏开花,花白色。"窗口摇曳着母菊"句,希尔伯曼藏稿作 Im Fenster starb die Kamille [窗前的母菊已死去]。布加勒斯特罗马尼亚文学博物馆藏稿和露特所存打字副本(DLA,AA 2.2,97)作 Das Fenster blaut der Kamille [窗子为母菊而变蓝]。参看《全集》HKA 本,第 2/3 卷,第 2 分册,前揭,第 111 页。
3 第十八只罐子:在犹太教的喀巴拉秘宗学说中,"十八"这个数字代表"生命"。

AM LETZTEN TOR

Herbst hab ich in Gottes Herz gesponnen,
eine Träne neben seinem Aug geweint...
Wie dein Mund war, sündig, hat die Nacht begonnen.
Dir zu Häupten, finster, ist die Welt versteint.

Fangen sie nun an zu kommen mit den Krügen?
Wie das Laub verstreuet, ist vertan der Wein.
Missest du den Himmel mit den Vogelzügen?
Laß den Stein die Wolke, mich den Kranich sein.

在最后一道门

我把秋天织进上帝的心,
它的眼角流下一滴泪……
与你的嘴一样,有罪,长夜兆始。
你头顶上,黑魆魆的,世界已化成石。

这就有人带着酒壶来吗?
如同木叶飘零,美酒挥霍尽净。
你,还缺候鸟迁徙的天空?
那就让石头变成云,我变成鹤。

---

* 策兰早期作品。今存手稿 1 份,见于策兰早年同窗女友艾迪特·希尔伯曼藏稿(Konvolut Silbermann),原题《终曲》(*Finale*);另有 1946 年打字副本 2 份(布加勒斯特罗马尼亚文学博物馆藏马古 - 施佩伯存稿及德意志文学档案馆藏露特存稿),其中一份亦题为《终曲》。三稿均未标注年代。据策兰在其《骨灰瓮之沙》1948 年维也纳刊本手头点校本中追记,此诗"1944 年? 作于切尔诺维茨"。

罂粟与记忆
MOHN UND GEDÄCHTNIS

HARMONIKA

Der Eiswind hängt über die Steppe das Galgenlicht deiner Wimpern:
du wehst mir von roten Gelenken, er steigt aus den Tümpeln voll Obst;
die Finger streckt er empor, dran spinn ich Heu, wenn du tot bist...
Es fällt auch ein meergrüner Schnee, du ißt von erfrorenen Rosen.
Mehr als du gabst verteil ich im Hafen als Branntwein.
Ums Messer gespult blieb dein Haar mir, dein Herz uns das rauchende Kap.

口琴

冰风把你睫毛上的刑架之光悬在草原：
你为我吹奏红色骨节，他从落满果子的山塘走出来；
他翘起手指，正好供我编织干草，在你死的时候……
下了一场海蓝色的雪，你吃冻伤的玫瑰。
我在港口[1]分烧酒，比你给的多。
你遗我一绺刀上发，你的心依旧是我们的风烟岬。

---

* 策兰早期作品。今存手稿 1 份，铅笔字迹，写在一页罗马尼亚图书馆规章印刷文背面；另有打字副本 4 份，均未标注写作年代。据策兰本人在其《骨灰瓮之沙》1948 年维也纳刊本手头点校本中补记，此诗 1945 或 1946 年作于布加勒斯特。最初发表于 1948 年 2 月维也纳《计划》杂志卷二第 6 期。传记作者夏尔芬（Israel Chalfen）以为，此诗是策兰 1947 年底离开罗马尼亚前，为女友露特·拉克纳而作的"离别诗"参看夏尔芬撰《保罗·策兰青年时代传记》，Insel 出版社，前揭，第 154 页。译按：从时间上看，夏氏的这个说法与策兰提及的此诗写作年代不合。

1 港口：原文 Hafen，通指港口，码头；转义指避难所。又，同形异义词 Hafen，古高地德语书作 haffan 或 havan, havin，原为器皿业专词，由 Hafner［陶工］派生而来，指陶瓷容器，转义指"锅碗瓢盆"（生活琐事），多见于南德地区方言，与 Topf 同义，今罕用。参看格林氏《德语大词典》Hafen 词条。

INS Dunkel getaucht sind die Kirschen der Liebe,
zu Spinnen gekrümmt mir die Finger: wie pflück ich den Schatten der
 Schwalbe?
Ihr Kleid, einst unsichtbar. Ihr Kleid, einst im Morgen gesponnen.
Dem Herold des Schmerzes ein kostbar Geschenk, seiner Hand bald
 entsunken

落入黑暗

落入黑暗了，爱的樱桃，

手指弯成了蜘蛛：叫我如何去采燕影？

它的花衣，久已不见。它的花衣，早就织进了黎明。

给痛苦的传令官一件贵重礼物，他那只扑通掉到

---

* 策兰早期作品。今存 1946 年以前打字副本 4 份，见于布加勒斯特罗马尼亚文学博物馆藏马古-施佩伯存稿和伯尔尼瑞士文学档案馆藏马克斯·李希纳存稿，亦见于马尔巴赫德意志文学档案馆藏露特存稿；四稿均无标题，亦未标注年代。据策兰在其《骨灰瓮之沙》1948 年维也纳刊本手头点校本中追记，此诗"1945 年作于布加勒斯特"。最初发表于维也纳前卫艺术批评杂志《计划》卷二第 6 期（1948 年 2 月）。

译按：罗马尼亚文学博物馆藏此诗打字副本有两个不同的稿本，其中一个稿本（MLR 25.006-1,148）应是作者修改过的版本，与 1948 年《计划》杂志刊本大致相同，与今通行刊本亦接近；另一稿本（MLR 25.006-1,79）则有较大出入，全文给出如下：

　　Ins Dunkel getaucht sind die Kirschen der Liebe, / zu Spinnen gekrümmt mir die Finger: ungepflückt blieb der Schatten der Schwalbe. / Ihr Kleid einst unsichtbar. Ihr Schleier im Morgen gesponnen. // Dem Herold des Schmerzes ein kostbar Geschenk, seiner Schwinge zu schwer und entsunken / unten im [Traum] Tann, wo gelöst wird die Fessel des Mondstrahls. / Geraubt sind dem Sommer die Herzen, / das Obst das dir reifte zum / Dämmer, gehißt auf den zackigen Türmen / der Luft. Über Zinnen aus Asche. / In Gottes wölfischem Schoß.

　　落入黑暗了，爱的樱桃，/手指弯成了蜘蛛：燕影依旧没人采。/它的花衣久已不见。它的面纱早已织进黎明。//给痛苦的传令官一件贵重礼物，他那只过于沉重而掉到/〖梦里〗针叶树下的翅膀，林中月光的锁链解开了。/夏日的心已被叼走：/果子在曙光中/为你成熟，挂在带尖角的/空气塔楼。在灰烬的城堞之上。/在上帝狼一样的怀抱里。

以上 MLR 稿本据《全集》HKA 本校勘文字给出，第 2/3 卷，第 2 分册，前揭，第 119 页；亦可参看布加勒斯特大学日耳曼文学教授 George Guţu 所撰《保罗·策兰的诗与二战期间的罗马尼亚诗歌》（*Die Lyrik Paul Celans und die rumänische Dichtung der Zwischenkriegszeit*），布加勒斯特大学出版社（Editura Universităţii din Bucureşti），1994 年，第 172-190 页。

unten im Tann, wo gelöst wird die Fessel des Mondstrahls.
Geraubt sind dem Sommer die Herzen:
das Obst, das dir reifte zum Dämmer, gehißt auf den zackigen Türmen der Luft. Über Zinnen aus Asche.
In Gottes wölfischem Schoß.

针叶树下的手,林中月光的锁链解开了。
夏日的心已被叼走[1]:
果子,在曙光中为你成熟,挂在带尖角的
空气塔楼。在灰烬的城堞之上。
在上帝狼一样的怀抱里。

- 1 夏日的心:心,句中为复数 die Herzen。按德文句法,此句亦可读作"心已从夏日那里被掳走"。译按:德文 die Herzen(复数)多泛指"人心"。

DAS EINZIGE LICHT

Die Lampen des Schreckens sind hell, auch im Sturm.
Am Kiel der laubigen Kähne nahen sie kühl deiner Stirn;
du wünschst, sie zerschellten an dir, denn sind sie nicht Glas?
Du hörst auch schon triefen die Milch, daß du trinkst aus den Scherben
den Saft, den im Schlaf du geschlürft aus den Spiegeln des Winters:
es ward dir das Herz voller Flocken, es hing dir das Aug voller Eis,
die Locke quoll dir von Meerschaum, sie warfen mit Vögeln nach dir...
Dein Haus ritt die finstere Welle, doch barg es ein Rosengeschlecht;
als Arche verließ es die Straße, so wardst du gerettet ins Unheil:
O weiße Giebel des Todes – ihr Dorf wie um Weihnacht!
O Schlittenflug durch die Luft – doch du kehrtest zurück,
erklommst als ein Knabe den Baum, dort hältst du nun Ausschau:
es schwimmt jene Arche noch nah, doch füllen die Rosen sie ganz,
doch eilen die Kähne heran mit den flackernden Lampen des Schreckens:

唯一的光

灾灯明亮,即使在暴风雨中。

它们在树叶似的小船的龙骨上冷冷逼近你额头[1];

你还期待呢,它们已经在你身上撞碎了,不就是玻璃吗?

你甚至听见牛奶滴了下来,好让你就着碎片

啜那汁液,你闭着眼睛从冬天的镜子咕噜咕噜地喝:

你的心飘满雪花,两眼挂着冰凌,

浪花为你涌出鬈发,与飞鸟一起向你砸来……

你的家在黑暗的波涛上颠簸,它曾经救了一个玫瑰家族;

它像方舟离开水道[2],于是你被拯救到灾祸之中:

啊,死神的白山墙——它的村庄仿佛环绕圣夜!

雪橇飞行穿越空气——你毕竟又回来了,

像个男孩爬到树上,如今你依然期盼:

那条方舟还会驶近,还载着满船的玫瑰,

可那些小船也会急驶过来,带着忽明忽暗的灾灯:

---

* 策兰布加勒斯特时期作品。原始稿仅存打字副本1份,另有露特存抄件1份,均未标注日期。据策兰在其《骨灰瓮之沙》1948年维也纳刊本手头点校本(*Handexemplar SU*)中追记,此诗1946年作于布加勒斯特。

1 "冷冷(逼近)"句:露特抄件本作 kühn[大胆(逼近)]。下句"在你身上撞碎了",露特抄件本作 zerschellten an ihr[在额头上撞碎](句中"ihr"指上文的"额头")。详见《全集》HKA 本,第2/3卷,第2分册,前揭,第121页。关于此句诗的内涵,参看策兰格言体散文诗《逆光》(*Gegenlicht*)之四:Man redet umsonst von Gerechtigkeit, solange das größte der Schlachtschiffe nicht an der Stirn eines Ertrunkenen zerschellt ist.[只要最大的战舰不在一个溺水者的额头撞沉,所谓正义就就是空谈。]《全集》HKA 本,卷15/1,Suhrkamp 出版社,2014年,第19页。

2 参看圣经中"诺亚方舟"的记载:大洪水时期,神惩罚人类;挪亚遵照耶和华的嘱咐,用歌斐木造方舟,拯救家族及地上的生灵。洪水淹没山岭,方舟在水上漂了一百五十天,直到洪水消退,挪亚一家及舟中禽鸟百兽悉获救(《创世记》6-8)。

vielleicht, daß die Schläfe dir birst, dann springt ihre Mannschaft an
  Land,
dann schlägt sie die Zelte hier auf, dann wölbt sich dein Schädel zu
  Himmeln –
es quillt dir die Locke von Meerschaum, es hängt dir voll Flocken das
  Herz.

也许,等到你太阳穴迸裂,水手们跳到岸上,
他们架起帐篷,你的脑壳就会顶着天空——
海浪为你涌起鬓发,你的心也将飞舞雪花。

NACHTMUSIK

Ein rauchendes Wasser stürzt aus den Höhlen der Himmel:
du tauchst dein Antlitz darein, eh die Wimper davonfliegt.
Doch bleibt deinen Blicken ein bläuliches Feuer, ich reiße von mir mein Gewand:
dann hebt dich die Welle zu mir in den Spiegel, du wünschst dir ein Wappen...

Ach, war deine Locke auch rostbraun, so weiß auch dein Leib –
die Lider der Augen sind rosig gespannt als ein Zelt übers Schneeland:
ich lagre mein bärtiges Herz nicht dorthin, im Frühling blüht nicht der Busch.

夜曲

烟雾缭绕的水从天上的洞穴落下；
你把脸沉入水中，趁睫毛还没飞走。
可你目光依旧是一朵淡蓝的火，我剥去身上的外衣：
波涛把你荡入镜中我的身边，你想要一枚徽章……

哦，你的鬈发也是铁锈色的，你的肉体那么苍白——
眼睑红润地张着，像雪地上的帐篷：
我没有在此安放我长出鬍子的心，春天丛林不开花。

---

* 策兰布加勒斯特时期作品。今存打字副本 4 份，未标注日期。据策兰在其《骨灰瓮之沙》1948 年维也纳刊本手头点校本中追记，此诗 1946 年作于布加勒斯特。

GESANG ZUR SONNENWENDE

Du kannst, wem du mittags die Wunden der Träume schlägst,
im Schlaf nicht verweigern die Huld seiner blinden Geliebten:
er rollt mit den Stunden zutal, daß frei sei die Zeit für jene,
                              die wandeln bei Mondschein
über das Dach deiner Welt, das aufglänzt von künftiger Bläue;
ihm, der dich maß und dich wog und zuletzt noch zu Grab legt;
der dir hob aus dem Schoße dein Kind mit dem Flammenhaar der
   Umnachtung –
wie kannst du die Huld ihm verwehren des Augs, das geblendet ihn
   anblickt:
hier einzig spiegelt sich ihm der schwärmende Stern deiner Stirnen;
den Lanzenstich in dein Herz erkennt er nur hier.

Wie schwarz du ihn sein läßt im Tal! Und oben gleißt es und sprüht!
Du tust, als wär noch ein zweiter, der ginge zu dulden
die Felsenlast deiner Zeit, daß du andern leichter bescheidest
den Stundenschlag ohne Stunde, den Strahlenwind des Jahrtausends...

O steinerne Masten der Schwermut! O ich unter euch und lebendig!
O ich unter euch und lebendig und schön, und sie darf mir nicht
   lächeln...

至点礼赞

你在正午撩起谁的梦伤,你就不能
在睡眠中拒绝他失明的恋人的慈爱:
他随时辰向山谷转动,好让那月光下的人时间自由
漫步在你的世界屋脊,那里发出未来的蓝光;
他,曾经打量你掂量你,最后把你安葬;
他从你腹中接生出你那长了一头疯狂火发的孩子——
你怎能阻止他眼里充满慈爱深情地望着他:
只有你额头上那颗狂想的星映照他身上[1];
只有在这里他才知道你万箭穿心。

你让他在山谷呆得多黑啊!高高闪耀和四射!
你装出好像还有第二个,居然能忍受
你时间的岩石重量,好让你更轻松地报知他人
那无时辰的报时钟声,千年的辐射之风……

啊,忧郁的石头杆子!我在你们下面活着!
我在你们下面活得美丽,她该不会笑我……

---

* 策兰布加勒斯特时期作品。今存打字副本 3 份,均未标注写作年代。据策兰在其《骨灰瓮之沙》1948 年维也纳刊本手头点校本中追记,此诗 1946 年作于布加勒斯特。三份打字副本中,有一稿标题下题有 Für Corina[给柯丽娜]题辞。译按:柯丽娜,全名柯丽娜·马科维奇(Corina Marcovici),策兰在布加勒斯特时结识的女友。标题"至点",指太阳在一年中离赤道最远的两个点(北至点和南至点),通常依北半球传统分为"夏至点"和"冬至点",合称"二至点",作为南北两半球季节之分界。诗中未有言及季节的词语或提示,故 Sonnenwende 一词可指夏至,也可指冬至。
1 此句露特藏稿[Besitz RK]作 hier einzig spiegelt sich ihm der schwärmende Stern deiner Weiten[这里只有你辽阔苍天那颗狂想的星映照他身上]。参看《全集》HKA 本,第 2/3 卷,第 2 分册,前揭,第 126 页。

同期已刊未结集散作
VERSTREUT GEDRUCKTE GEDICHTE

SEELIED

Liebe, über meinem Meer
folgt mein Kahn den fremden Zeichen.
Winde, die ich dir verwehr,
laß ich in den Segeln streichen.

Truhen, die ich dir verschließ,
fahr ich, in die See zu senken.
Ruder, die ich sinken ließ,
helfen mir den Kahn zu lenken.

Netze, die ich lang geflickt,
warf ich aus, die Nacht zu haschen –
aber seltsam und geschickt
löst dein Arm die starken Maschen.

海之歌

爱人,在我的海上
我的小船跟随陌生的星象。
风,我替你遮挡,
让它吹动我的船帆。

箱子,我给你锁好,
载去沉到海中。
桨,我听任它滑落,
帮我驾驶我的船儿。

渔网,我早已补好,
撒下它,为了捕捉黑夜——
奇妙的是,你的
手臂拆开了结实的网眼。

---

* 策兰早期作品,具体写作年代不详。最初与《摇篮曲》等共七首诗发表于苏黎世《行动报》文学副刊(1948 年 2 月 7 日)。露特·克拉夫特所辑《保罗·策兰 1938-1944 年诗稿》录有这首诗。当是 1944 年 6 月以前策兰在故乡布科维纳时的作品。

FESTLAND

Schwester im Dunkel, reiche die Arznei
dem weißen Leben und dem stummen Munde.
Aus deiner Schale, drin die Welle sei,
trink ich den Schimmer vom Korallengrunde,

schöpf ich die Muschel, hebe ich das Ruder,
das einem, den das Land nicht ließ, entsank.
Die Insel blaut nicht mehr, mein junger Bruder,
und nur die Seele zerrt am Algenstrang.

Dann läutet seltsam jene Glocke Nie...
Dann trieft der Tiefen Balsam, meine Fremde...
Wen zu erhöhen, sank ich in die Knie?
Aus welcher Wunde blut ich unterm Hemde?

Mein Herz wirft Schatten, welche deine Hand
verlöscht, bis ich mich wehr und wähle:
Ich will nicht mehr hinauf ins Hügelland.
An jenen Seestern krall dich, meine Seele.

陆地

黑暗中的姐妹,快把药递给
苍白的生命和哑默的嘴。
用你的碗,里面想必有波浪,
我喝珊瑚礁的微光,

我掏海贝,我捞起桨,
那是一个大地不允的人手中滑落的。
岛屿不再呈现蓝色,我的年轻兄弟,
只有灵魂拖着海藻绳索。

于是那只"永不"钟奇怪地敲响……
于是深海之膏滴下来,我的异乡女……
我跪倒,为的是让谁站起来?
我的衣衫下面哪一道伤口流血?

我心投出影子,它使你的手
渐渐消逝,直到我抗拒并作出选择:
再也不登丘陵高坡。
紧紧抓住那只海星吧[1],我的魂。

---

* 策兰早期作品。最初发表于苏黎世《行动报》文学副刊(1948年2月7日)。露特辑本《保罗·策兰1938-1944年诗稿》录有此诗。据编辑者在书末附录中提供的相关资料,策兰1942年8月2日从塔巴雷斯蒂苦役集中营寄给女友露特·克拉夫特(时姓父姓拉克纳)的一封信中抄录有三首诗,其中包括这首《陆地》,可以确定是1942年7月策兰被纳粹军队和罗马尼亚当局强制送进苦役集中营后的作品。
1 海星:Seestern,学名Asteroidea,海洋生物,属海洋棘皮动物,种类繁多。体扁平,多为五臂呈星形辐射,臂下有成排管足,能使海星朝任何方向行走。

SCHWARZE KRONE

Mit dem Blut aus den verworrnen
Wunden tränkst du deine Dornen;
daß die kauernde verkrallte
Angst in allem Dunkel walte.

Meine irren Hände falte.

Alle Frohen, alle Frommen
sah ich singend zu dir kommen.
Du erschlugst sie mit dem Beile.
O das Gift von deinem Pfeile.

Meine trüben Augen heile.

In die Winde, in die scharfen,
reißt du alle sanften Harfen.

黑冠

那浑浑伤口流出的血
你用来浸湿你的荆棘[1];
好让蜷缩着抓住不放的
恐惧在黑暗中威迫。

请合上我发疯的双手。

所有欢者,所有的虔诚人
我都看见歌唱着朝你走来。
你用斧头劈死了他们。
啊,你箭上有毒。

请治好我溷浊的双眼。

风中,凛冽的风中,
你扯断所有温柔的竖琴[2]。

---

* 策兰早期作品。最初发表于苏黎世《行动报》文学副刊(1948 年 2 月 7 日)。此诗亦见于露特辑本《保罗·策兰 1938-1944 年诗稿》,标题不同,题作《神秘歌谣》(*Mystisches Lied*)。露特·克拉夫特推定此诗作于 1941 年。据该书附录提供的资料,策兰当年从苦役集中营随信抄寄的一批诗作中包括这首诗,见于 1942 年 8 月 2 日寄给露特的一封信。
1 根据标题的提示,此处"荆棘"影射耶稣基督头上的荆冠。译按:这首调子沉郁的诗是一篇借"耶稣受难曲"风格反其道而行之的讽喻之作。注家多以为,策兰此诗乃其早年作品《在巴比伦河边》(*An den Wassern Babels*)的主题引申。该诗以反"原罪"为主题,最后以结句"救救羔羊"收篇(详见《保罗·策兰诗全编》,前揭,第 400 页)。
2 参看策兰 1942 / 1943 年作品《下雪了,妈妈》:Von meinen Sternen nur wehn noch zerrissen / die Saiten einer überlauten Harf... [我的星座里有一座洪亮的竖琴 / 琴弦生风,直到根根扯断……](载《早期诗歌》*Frühe Gedichte*)。

Trittst den süßen Tau der Tage...
Wessen Schritt – der Klang der Klage?

Meine verwehtes Tasten trage.

Mit den Schweigsamen, den vielen,
läßt du fremde Stürme spielen.
In die Stille, in die Weite,
wirfst du deine Flammenscheite.

Meinen leisen Schlaf bereite.

你踏着白昼的甘露……
谁的脚步——那动地哀声?

请带上我随风飘散的求索。

以沉寂之物[1],其也良多,
你让狂异的风暴奏响。
寂静中,苍茫中,
你抛出你的火焰柴薪。

请备好我轻柔的睡眠。

---

[1] 沉寂之物:指亡逝之物。参看策兰 1953 / 1954 年作品《带上一把可变的钥匙》:
Mit wechselndem Schlüssel / schließt du das Haus auf, darin / der Schnee des
Verschwiegenen treibt [带上一把可变的钥匙 / 你打开家,那里面 / 飘着寂静之物的
雪花],载诗集《从门槛到门槛》(*Von Schwelle zu Schwelle*);《全集》HKA 本,
卷 4/I,Suhrkamp 出版社,法兰克福,2004 年,第 40 页。

IRRSAL

Mondhelles Herz : nun hebt sich der Schleier vom Spiegelbild.
Im Busch pflückt der Engel der Schläfer die bittere Beere.
Nun tröstet mein Blut die Lanzenstiche im Schild ;
erblühn die Gezeiten dem Sommer der Sternenmeere.

Du aber bereitest dich jetzt, daß süß dich die Linden beschenken?
Gestürzt ist ein Rosengewölk in dein Aug voll Verzicht?

(Erfuhrst du von mir, wie die Träume die Schläfen versehren?)

Nicht will deine Wimper an Sehnsucht und Wellenschaum denken...
Hoch dunkelt der Mais in den Mond und ich segne ihn nicht.

Verweilt, wenn die Wolke ertönt, dein Gelenk in den Spangen?
Und glimmt in den Augen aus Samt nicht das herbstliche Licht?

Dann bleib ich, ein Knecht deiner Tränen, gefangen.

乱

皓如明月的心：面纱从镜象升起。
长眠人的天使在山林采苦涩的浆果。
如今我的血在盾牌上安慰长矛；
而潮汐为星辰之海的夏日开花。

你可准备好了，让椴树送你甜蜜的礼物？
一朵玫瑰云落进你充满弃世的目光？

（你可曾从我体会，梦多么伤害颞颥？）

你的睫毛难道不想想相思和浪花……
苞谷在月亮里黯淡了我没有为它祝福。

当流云喧响，你的关节还锁在鞋襻里？
而秋光[1]也不在天鹅绒的眼睛里闪耀？

我，泪的仆人，长此甘愿为囚。

---

* 策兰早期作品。手稿见于其1942-1943年在苦役集中营的"塔巴雷斯蒂笔记本"（*Das Notizbuch aus Tăbăresti*），下方注有写作日期"1943年8月30日"。最早与《井边》等共十七首诗以"骨灰瓮之沙"为总题发表于维也纳前卫艺术批评杂志《计划》卷二第6期（1948年2月）。露特辑本《保罗·策兰1938-1944年诗稿》录有此诗。
1 秋光：das herbstliche Licht，露特本作 das günstige Licht［吉光］。参看《保罗·策兰1938-1944年诗稿》，Suhrkamp出版社，前揭，第107页。

SCHLAFENDES LIEB

Es wachsen die Dämmergewebe : schlaf !
Den ungewissen Lorbeer trägt nun deine Schläfe.
Und einer, den noch keiner übertraf,
erwartet, ob der Traum ihn überträfe.

Mit offnem Auge folgt er deinem leichten Boote :
»Löst sich die Fessel ? Sinkt sie in das Lose ?«
Und abgewandt von deinem Antlitz weint er um die rote
Rose.

沉睡的恋人

暮色的织锦织成了：睡吧！
你的鬓角携着那棵朦胧的月桂。
有一个人，谁也不曾赶上他，
他在等着瞧，是否梦能超过他。

他睁开眼睛追随你轻飘飘的小船：
"锁链松开了？她将在解脱中沉没？"
他忍不住背过脸去掩泣，对着那朵鲜红的
玫瑰。

---

* 策兰早期作品，具体写作年代不详，未见于策兰 1942-1943 年在苦役集中营的"塔巴雷斯蒂笔记本"。露特·克拉夫特将它辑入《保罗·策兰 1938-1944 年诗稿》。最初发表于维也纳前卫艺术批评杂志《计划》卷二第 6 期（1948 年 2 月）。

Wie sich die Zeit verzweigt,
das weiß die Welt nicht mehr.
Wo sie den Sommer geigt,
vereist ein Meer.

Woraus die Herzen sind,
weiß die Vergessenheit.
In Truhe, Schrein und Spind
wächst wahr die Zeit.

Sie wirkt ein schönes Wort
von großer Kümmernis.
An dem und jenem Ort
ists dir gewiß.

时间

时间如何分枝,
世界再也不知。
它在哪里演奏夏日,
哪里海就结冰。

心从何来,
只有遗忘知。
在箱子、匣子和立柜里,
时间长得真实。

它用大量的愁苦
造出一个美丽的词。
无论这里那里,
对你确凿无疑。

---

* 此诗作于 1949 年 6 月 15 日。今存手稿原件为策兰于诗完成当日随信抄寄耶内夫人艾丽卡·耶内-利莱格的一份手稿,信抬头日期为"巴黎,49 年 6 月 15 日午夜"。信中戏言:"深夜两点 / 我还在街上走着,衣袋里揣着这封信。在巴黎圣母院附近,天上掉下一首小诗,奇怪,还很凑韵的。不是我作的,作诗人是你——现寄上。"(转引自芭芭拉·魏德曼编《保罗·策兰诗全编》,前揭,第 620 页。)此诗后由维也纳的朋友们转给奥地利天主教文化月刊《词与真》(*Wort und Wahrheit*),首次发表于该杂志 1951 年 10 月号。

同期遗稿
NACHGELASSENE GEDICHTE

DER TOD

Für Yvan Goll

Der Tod ist eine Blume, die blüht ein einzig Mal.
Doch so er blüht, blüht nichts als er.
Er blüht, sobald er will, er blüht nicht in der Zeit.

Er kommt, ein großer Falter, der schwanke Stengel schmückt.
Du laß mich sein ein Stengel, so stark, daß er ihn freut.

死亡

给伊凡·高尔

死亡是一朵花[1],它只开一回。
果然开花了,开得无以伦比。
它想开花就开花,它不开在时间里。

来了,一只大蝴蝶,装点摇曳的草茎[2]。
你让我做一根草,坚韧到叫它高兴。

---

* 此诗作于 1950 年 2 月 13 日。今存多份打字稿和副本,均是策兰寄给私人和出版商的稿本。较早的一份打字副本为诗人的挚友德慕斯所存(Konvolut Demus),稿件下方有策兰亲笔标注"1950 年 2 月 13 日作于塞纳河畔讷伊镇"。按:策兰 1949 年底在巴黎结识犹太裔诗人伊凡·高尔夫妇;不久,高尔罹患重疾,1950 年 2 月 27 日病逝于巴黎西郊塞纳河畔讷伊镇(Neuilly-sur-Seine)的美国医院。高尔住院期间,策兰多次去病房探望,这首题给高尔的诗可能是探访期间所作。刊本据 1950 年打字稿('SU 1950')和 1952 年打字稿('MuG 1952')釐定。KG 本和《策兰遗作集》校勘稿有"给伊凡·高尔"题词,HKA 本无题词。
1 伊凡·高尔诗集《巴黎农事诗》(*Les Géorgiques Parisiennes*)卷首篇中有这样的诗句:Se module la mort violette / Qui porte un nom de fleur[紫色的死亡开始给自己调音了 / 它的名字是一朵花]。参看策兰的德译:Stimmt man den tiefblauen Tod an – / Er trägt einer Blume Namen[深蓝色的死亡开始演奏了——/ 它的名字是一朵花]。转引自芭芭拉·魏德曼《保罗·策兰诗全编》全一卷,前揭,第 917 页。
2 伊凡·高尔诗集《巴黎农事诗》中有一首《卢泰斯的小雨》,诗中有"致摇曳的草茎"句。转引自芭芭拉·魏德曼《保罗·策兰诗全编》全一卷,前揭,第 917 页。

BEISAMMEN

Im Himmel der Nelken weilt auch ein Mund, dir zu lächeln.
Der kennt noch die Wege zu dir,
das halbe Blatt deiner Nacht,
das verstummte Gewächs unsrer Schreie.

Er leuchtet dem Dunkel voraus und spricht an den Toren die Worte :

Das Schwere war schwer;
ein Hauch war der Wind, der dich fortriß;
ein Herz, was noch schlägt unterm Schnee.

Die Tore gehn auf, wenn sie hören, daß solches hier wahr bleibt:
mein Aug zieht mit deinem dort ein
als dunkelstes Paar im Gefolge.
Es regnet wie immer, wenn Aug sich zu Aug fügt,
und dem dunkelsten Paar wird bereitet ein sprühender Schlaf
einer schwebenden Nelke zur Linken.

同在一起

石竹的天空也有一张嘴，等着对你微笑。
它还知道通向你的路，
你的夜的半片叶子，
我们的呐喊沉寂下来的植物。

它照亮前方的黑暗并在门前说了这番话：

沉重的已经沉重；
一口气就是一阵风，曾把你带走；
一颗心，还在雪下跳动。

门全打开了，他们听说这样的事还真有：
我的眼睛去和你的呆在一起
就像是原本最黑的一对。
眼睛对眼睛，雨仿佛永远不停，
给这最黑的一对准备好烟雨濛濛的睡眠
为有一枝飘摇的石竹，在左边。

---

* 此诗写作年代不详。今存手稿1份，打字稿和副本多份。手稿件为不带水印花纹的信笺纸，见于马克斯·李希纳存稿（SLA 3,4），今藏伯尔尼瑞士文学档案馆。HKA本推定此诗可能是策兰1948年10月24日寄给苏黎世《行动报》主编李希纳的增补稿件之一。刊本据1950年打字稿（'*SU 1950*'）釐定。

Die Nacht, die die Stirnen uns maß, verteilt nun das Laub der Platane:

das gelbe, im Regen gereifte, ist mein,
wenn ich denk, daß die Liebe ein Kahn ist,
so schwer von Gold und Gewinn, daß niemand ihn rudert,
daß er herrenlos kreuzt vor der Bucht der verschollenen Augen;
dem der Himmel so oft seinen Stern zeigt,
daß er glaubt, dich zu kennen,
und Odysseus nicht folgt auf der Irrfahrt.

Das rote, im Torweg des Herzens gehäufte, ist dein:
du weißt, wer mich schleift, wenn ich denk, was die Nacht will.
Du weißt, wo ich lieg, weil ichs dachte.
Du legst dich zu meinem Gedanken.

Das übrige aber ist niemandes Laub:
es erficht sich, das braune, den Abend;
es erkennt unsern Sohn.

夜

夜,曾经估量我们的额,如今又分梧桐叶:

黄的是我的,在雨中成熟,
每当我想,爱是一条小船,
载满黄金利市而变重,没人能划动它,
只好无主地在目光迷失的海湾前面来回游弋;
天空不时给它指点星象,
结果它以为,对你很了解,
于是迷津路上不学奥德修斯[1]。

红的是你的,积在心扉的过道里:
你知道,谁把我拖走,当我揣摩夜的图谋。
你知我睡在何处,因为我早已想好。
你挨着我的心事躺下。

余下的是无人之叶:
它给自己赢来褐色和黄昏;
它认得我们的儿子。

---

* 此诗写作年代不详。今存打字稿及副本多份,见于德慕斯及菲克尔等私人存稿,其中德慕斯所存打字稿盖有奥地利邮件审查署印戳。估计与上一首诗《在一起》为同期作品。原诗无标题。刊本据1950年打字稿('*SU 1950*')釐定。
1 奥德修斯: Odysseus,拉丁名Ulixes(通常转写为Ulysses)。古希腊传说中的英雄,伊塔卡岛之王,参加特洛伊战争,得胜后返乡途中历尽艰辛,复又在海上漂泊十年,最后只身一人回到家乡。荷马史诗《奥德修纪》叙其事。

AUS ALLEN WUNDEN

Wirf mir den Handschuh der Stille vors Herz:
nur einmal im Herbst grünt der Stein – das war gestern;
das war, als das Salz auf den Straßen so rot war;
so rot, daß man glaubte, die Zeit breche an,
der man winkt mit den Mitternachtsschleiern;
das Tulpenwetter der Zeit,
da der Wunsch eines jeglichen Glas füllt,
eines jeglichen Wiege und Sarg,
eines jeglichen Fußspur –
die Zeit, die dein Aug aus dem Eis führt,
dich schürzen läßt deinen Schatten
und den Glocken ihr Schweigen entlockt, wenn du tanzt.

Wirf mir Handschuh der Stille vors Herz:
das war gestern
und liegt mit uns beiden im Blut.

出自所有的伤

把那寂静的手套掷我心前:
只有一次石头在秋天里变绿——那是昨天;
它曾经,曾经像人造宝石上的盐那样红;
红得让人相信,时候来临,
人们朝它挥动午夜的纱幔;
时代的郁金香雷雨,
果然携来希望,注满每一只杯子,
每一个摇篮和棺材,
每一道脚印——
时间,你的眼睛把它带出冰雪,
它让你掀起你的影子
而它的沉寂诱出钟声,在你手舞足蹈时。

把那寂静的手套掷我心前:
那是昨天
如今它与我俩同卧血泊。

---

* 此诗写作年代不详。今存打字稿及副本多份,其中德慕斯所存打字稿(Konvolut Demus)盖有奥地利邮件审查署印戳。估计作于 1949 年或 1950 年。刊本据 1950 年打字稿('*SU 1950*')釐定。

O Blau der Welt, o Blau, das du mir vorsprachst!
Ich leg mein Herz mit Spiegeln aus. Ein Volk von Folien
steht deinen Lippen zu Gebot: du sprichst, du schaust, du herrschest.
Dein Reich liegt offen, überglänzt von dir.

Doch dunkelts dir, doch weicht die blaue,
die Schwester Welt aus deiner Worte Mitte,
so leg den Riegel vor das Tor der Weite:
verhülln will ich die Scherben an der Herzwand –
In dieser Kammer bleibt dein Gehn *ein* Kommen.

啊，世界之蓝

啊，世界之蓝，这蓝，你曾诵与我听！
我用镜子亮出我的心。一族金箔之民[1]
供你嘴唇支配：你言说，你辽望，你统治。
你的王国敞开着，耀出你的光芒。

可它对你黯淡了，这蓝色的
姐妹世界，从你的词语中心消隐，
给那苍茫之门插上门闩吧：
我要把碎片裹起放在心墙——
这斗室里，你的逝去始终是一种来临[2]。

---

* 此诗写作年代不详。估计作于 1950 年。今存打字稿 4 份，见于菲克尔和耶内夫妇等私人存稿。原诗无标题。刊本标题据 1950 年打字稿（'SU 1950'）目录釐定。
1 金箔之民（ein Volk von Folien），所指不详。译按：德文 Folie［复数 Folien］源自中古拉丁文 folia，指金属箔片［bractea］，今亦指包装薄膜；转义指背景、氛围、衬托，与 Hintergrund 同义。
2 诗集《骨灰瓮之沙》1950 年修订打字稿中此诗结句有作者另笔修改痕迹。策兰似乎在 ein Kommen［一种来临］和 dein Kommen［你的到来］之间斟酌未定，以致此诗，今刊本有两个版本。KG 本和 GN 本勘定用前句，HKA 本采后句。中译本从 GN 本。参看 GN 本（《策兰遗作集》），Suhrkamp 出版社，前揭，第 15 页；《全集》HKA 考订本，第 11 卷，前揭，第 119-120 页。

LÄSTERWORT

Gib mir den Schaum der Nacht – ich wars, der schäumte.
Gib mir den Dunst – ich war es selber.
Gib mir ein leichter Haar, ein dunkler Aug, ein schwärzer Kissen:
gib mir den dritten nach dem zweiten Tod.

Das Siebenmeer laß strömen in mein Glas:
ich kann so lange trinken als du glaubst, ein Gift zu mischen,
so lange als dein Fruehling Lippenpaare täuscht,
und länger als du Sonnen wendest und umwölkst.

Du bist mein Tischgenoß, du trinkst von meinem Durst,
du bist wie ich, doch bin ich nicht wie du,
denn du teilst aus und ich teil ein;
doch was du einschenkst, trink ich aus:
nie schmeckt es bittrer als ich selber war,
und noch dein Siebenmeer ist meine Siebenträne.

詈词

给我夜的泡影——我曾是冒泡之物。
给我水汽——我本是水汽。
给我更轻的发,更暗的眼睛,更黑的枕[1]:
给我接二连三的死。

让七海在我杯中奔流:
如你所料,我能长饮调制的毒酒,
绝不输给你惑人的两片春唇,
甚至比你日头西出拨云弄雨还要长久。

你是我的同桌,你喝我的饥渴,
你像我,可我不像你,
因为你管签单,我来分配;
凡是你斟上的,我一饮而尽:
那滋味绝不比我过去更苦,
何况你的七海就是我的七泪。

---

* 此诗写作年代不详。今存打字稿和副本各1份,其中打字副本盖有奥地利邮件审查署印戳;两稿均未标注日期,今藏马尔巴赫德意志文学档案馆。KG本和GN本(《策兰遗作集》)推定为1948年7月策兰离开维也纳前往巴黎后的作品。
1 参看策兰1946年作品《蕨的秘密》:"好像是一朵雏菊,借它来卜问更黯的爱情,/更黑的闺床,更重的头发……"(见本书第35页)。

BILDNIS EINES SCHATTENS

Deine Augen, Lichtspur meiner Schritte;
deine Stirn, gefurcht vom Glanz der Degen;
deine Brauen, Wegrand des Verderbens;
deine Wimpern, Boten langer Briefe;
deine Locken, Raben, Raben, Raben;
deine Wangen, Wappenfeld der Frühe;
deine Lippen, späte Gäste;
deine Schultern, Standbild des Vergessens;
deine Brüste, Freunde meiner Schlangen;
deine Arme, Erlen vor dem Schlosstor;
deine Hände, Tafeln toter Schwüre;
deine Lenden, Brot und Hoffnung;
dein Geschlecht, Gesetz des Waldbrands;
deine Schenkel, Fittiche im Abgrund;
deine Kniee, Masken deiner Hoffart;
deine Füsse, Wallstatt der Gedanken;

一个影子的画像

你的眼睛,我脚步的光迹;

你的额头,刻着刀光的皱纹;

你的眉宇,荒败的路基;

你的睫毛,迢迢家书的信使;

你的鬈发,乌鸦,乌鸦,乌鸦[1];

你的双颊,黎明的徽章[2];

你的嘴唇,迟来的客人[3];

你的肩膀,遗忘的立像;

你的胸膛,我的蛇的朋友;

你的手臂,殿门前的桤木;

你的手掌,死亡誓言的木牌;

你的腰板,面包和希望;

你的性,山火的法则;

你的大腿,深谷里的翼;

你的膝盖,盛气凌人的面具;

你的足,思想的古战场[4];

---

* 此诗写作年代不详。今存手稿和副本各1份,藏马尔巴赫德意志文学档案馆。估计与上一首诗《詈词》为同期作品,大致作于1948年7月前后。刊本据此二稿釐定。
1 手稿中此句曾拟作 Deine Locken, Falken, Falken, Falken [你的鬈发,山鹰,山鹰,山鹰]。参看《全集》HKA 考订本,第11卷,前揭,第128页。
2 徽章:原文 Wappenfeld,指欧洲常见的盾形标识(如市徽、王室徽章等),其盾面图案多分为上下左右四个部分,亦有分两部分或三部分者,分别标示不同内容的图文。
3 手稿中"迟来的"曾改作"远方的":Deine Lippen, ferne Gäste [你的嘴唇,远方的客人]。详见《全集》HKA 考订本,第11卷,前揭,第128页。
4 古战场:原文 Wallstatt,今多书作 Walstatt。译按:Wallstatt 系 Walstatt 的旧体字,亦写作 Wallstadt,释义 Schlachtfeld, Kampfplatz [沙场,战场],亦指 Richtstätte [刑场,法场]。参看格林氏《德语大词典》(*Deutsches Wöterbuch*, Jacob (转下页注)

deine Sohlen, Flammengrüfte;
deine Fussspur, Auge unsres Abschieds.

你的脚掌,火焰之墓;
你的足迹,我们永别的目光。

(接上页注)und Wilhelm Grimm, Leipizig, S.Hirzel, 1854-1960)相关词条。策兰喜欢旧体字,手稿中先是用 Wallstatt,后改今体 Walstatt,打字稿复改旧体 Wallstatt;《全集》HKA 考订本据打字副本勘为 Wallstatt,KG 本和 GN 本据手稿本勘为 Walstatt。参看 HKA 本,第 11 卷,前揭,第 127-128 页;《策兰遗作集》,前揭,第 21 页。

Am schwarzen Rand deiner Sehnsucht
schläft die Fremde mit julifarbenem Haar.
Nicht sie ist dein Sommer:
ihr ging der schattige Stern deines Auges nicht früh genug auf.
Sie lag, eine Nebelschalmei, im Sand von Marokko,
sie lag zwischen Bärten und Messern,
als du in den Stein über dir ihr loses, ihr Herz schnittst.

Sie ringelt ihr Haar um den Dorn eines Mondstrahls,
die schottische Rose,
Leslie, das Nest deiner Himmel,
Leslie, der Hauch und der Schimmer,
Leslie, der Tod, dem du lächelnd das Fußgelenk küßt.

在你相思的黑色边缘

在你相思的黑色边缘
睡着头发似七月流彩的异乡女子。
她不是你的夏天:
你眼睛里那颗阴翳的星没有早早为她升起。
她曾经躺着,像一支雾笛,在摩洛哥的沙地,
她躺在长须和马刀之间,
当你在压身的巨石中割下她松动的心。

如今她把头发盘绕在一道月光荆棘,
苏格兰玫瑰,
莱斯利[1],你的天巢,
莱斯利,气息和模糊的光,
莱斯利,死神,你微笑着吻它的踝骨。

---

* 此诗写作年代不详。今仅见打字稿1份,藏马尔巴赫德意志文学档案馆,未标注年代,估计是1948年7月底策兰抵巴黎后的作品。原诗无标题。
1 莱斯莉:Leslie,所指不详。根据语境("苏格兰玫瑰"),疑是作者认识的一位苏格兰女子,或援此名泛指苏格兰女子。Leslie原是盖尔人(Gaels)的一个姓氏,意为"冬青园"或"灰堡",后来演变成女性名字;今此名男女通用。

Auf allen Wegen, dort und hier
begegnet uns das gleiche Tier.
Es grast dir deine Lider wund,
es schlürft das Wasser mir vom Mund,
es winkt mit lichten Ähren,
als ob wir Tote wären.

Sein Huf ist ein verklungner Huf,
sein Schritt das Wort, das Quellen schuf;
sein Stolz die Handvoll Schnee,
um die ich betteln geh;
das Schönste, das es weiß,
die Stunde unterm Eis.

Es ist so groß wie du und ich,
es gleicht dem Herzen, dem ich glich,
es wirft den blauen Schatten,
den wir begraben hatten.

所有的道路上

所有的道路上，这里和那里
遇见我们的是同一只野兽。
它吃草啃伤了你的眼睑，
它咕噜咕噜从我嘴里饮水，
它挥动着明亮的谷穗，
好像我们都是死人。

它的蹄子是无声的蹄子，
它的脚步发明了词语和源泉；
它的高傲[1]是一把雪，
我上前乞讨；
最美丽的东西[2]，它知道，
是冰下面的时光。

它跟你我一般大，
长得像我曾经酷肖的那颗心，
它投出蓝色的阴影，
我们早已埋葬的影子。[3]

---

* 此诗写作年代不详。今存手稿 1 份，藏马尔巴赫德意志文学档案馆。原诗无标题，属策兰早期未竟之作。不过全诗已接近完成，惟个别词语斟酌未定。KG 本和《策兰遗作集》未收录此诗；《全集》HKA 本仅录策兰原始手稿，未提供校勘稿。详见第 11 卷，前揭，第 131 页。中译本在此提供的是译者据 HKA 本尝试给出的整理稿。
1 高傲：手稿中一度拟作 Traum [梦]。见《全集》HKA 本，第 11 卷，前揭，第 131 页。
2 最美丽的东西（das Schönste）；作者一度考虑改作 Tröstung [慰籍]，斟酌未定，致手稿此处留疑。参看《全集》HKA 本，第 11 卷，前揭，第 131 页。
3 此诗原文通篇标点及韵脚齐整，惟此句无标点。句号为译者所加。

Es kommt zum Schein und geht zum Schein,
doch hört's uns weinen, Schwesterlein.

它朝浮光走来又望浮光而去，
还是听见我们低泣，小妹妹。

Aus scharfen Kräutern totem Geist
gewinnst du Nacht und siedest Zucker
Vom Halm der Zukunft weht ein Galgenflor
Du Mühle Gott du mahlst was du gewesen

Vernunft der Hufe! Schlummerwort des Hiebs!
Aus Mehr und Minder schöpft der Becher Leere
Schön kämmt dein Zahn den Menschen neben dir
Die Zeit ist was wir gestern knirschen hörten

Der du hier folgst als wär ich noch nicht blind
als wären Aug und Auge noch ein Paar:
Du schreite siebenmal von Schritt zu Schritt
und siebenmal sag nein zu jeder Sieben

以浓烈的药草和死魂灵

以浓烈的药草和死魂灵
你酿造出黑夜并熬成糖浆
未来之禾飘出一片绞架之花 [1]
你这磨坊神研磨昔日的你

铁蹄之理！砍杀的催眠词！
空无之罇从富余和欠缺舀水
你的牙给身边的人梳漂亮的头
时间是从前我们听见格格响的东西，

你跟在它后面彷彿我还未盲瞽
似乎眼睛和眼睛还是一对儿：
你七次迈开正步从步伐到步伐
而我七次对每一个七说不

---

* 此诗写作年代不详。今存手稿和打字副本各1份。打字稿为带水印花纹的法国笺纸，当是策兰1948年7月末抵巴黎后的作品。原诗无标题。刊本据较晚的打字副本釐定。
1 绞架之花：原文 Galgenflor。译按：Galgen 通常释义为绞刑架，亦泛指刑场；Flor，原指盛开的花，转义指大片密集之物（如蜂群等）；其同形异义词指纱幔，亦指戴孝用的黑纱 [Trauerflor 的缩写]。Galgenflor 犹言"死亡之花"。手稿此句曾作 Vom Halm der Zukunft grüßt ein Galgenflor [未来之禾已远远望见一片绞架之花]。参看《全集》HKA 本，前揭，第11卷，第134页。

Großer Gefangner im Abend: wer dich erkennt,
geht dem Morgen entgegen
Auf seinen Lippen zerschmilzt
der Schnee, den du Zukunft genannt
Im Tau deiner Worte
klimmt sein Fuß: er begegnet auf halbem
Weg dem Ziel seiner Bangnis
und findet den finsteren Ruf, es zu grüßen.

Großer Gefangner im Abend: wer dich erkannt,
trägt die Sonne im Rücken: Schön
rankt sich der Wein auf dem Hang,
den er tagwärts blickend ersteigt.
Wo er geht,
schwillt die Rebe im Glanz des Vorbei,
und es finden sich Hände,
mit Ernst zu liebkosen
das volle
Rund,
in dem die Minute des Sterbens gerann

暮色中的伟大囚徒

暮色中的伟大囚徒：谁认出你，
谁就走向黎明
雪在他的嘴唇上
融化，你把这叫做未来
而在你词语的露水里
他的脚正在攀登：半路上遇到
他心中忧患的目标
还发现深暗的呼叫，得打个招呼。

暮色中的伟大囚徒：谁认出你，
谁就驮着太阳：多好啊
山坡上爬满了葡萄藤，
他向着白昼登高望远。
所到之处，
逝者的风采中葡萄树长得茂盛，
双手也找到了[1]，
欲以一片真情去抚摸
这充盈的
大圜，
当中凝结了那死亡的一分钟

---

* 此诗写作年代不详。今存手稿1份，写在一页法式横格笔记本稿纸上。估计是策兰1948年7月抵巴黎后的作品。原诗无标题。今本《策兰遗作集》和 KG 本均未收录；《全集》HKA 本据手稿给出校勘整理稿。中译本据此稿译出。
1 手稿中此句前有一行划去的字句：**In Körbe und Flaschen**［在篮子和瓶子里］。详见《全集》HKA 考订本，第11卷，前揭，第136页。

KÖNIGSSCHWARZ

Nur die Nacht vor den Augen laß reden:
nur das Blatt, das hört, wo noch Wind ist;
nur die Stimme im Vogelbauer.

Nur sie, nur sie allein.
Dich aber tritt mit dem Fuß und sprich zu dir selber: Sei tapfer,
sei würdig des Steins über dir,
bleib Freund mit den Bärten des Toten,
füg Blume zu Wurm,
hiß dein Segel auf Särgen,
nimm die Käfer der unteren Fluren an Bord,
gib Kunde den Trüben.

Gib ihnen zwiefache Kunde:
von dir und von dir,
von beiden Tellern der Waage,
vom Dunkel, das Einlaß begehrt,

大黑

让眼前这夜幕说去吧：
只要有风的地方还有倾听的树叶；
只要鸟笼里有歌声。

就这些，只有这些。
请用脚踹踹你并对自己说：勇敢一点，
对得起你身上的石头，
永远与死者的长须为伍，
让鲜花配虫子，
在棺材上升起你的帆，
去山坡下捉田垄里的甲虫，
让惛惛者知。

让他们双倍地知：
关于你和你，
关于天平上的两个秤盘，
关于进场要求的黑暗，

---

* 此诗写作年代不详。今存策兰早年女友露特·克拉夫特保存的 1 份打字副本，见于 1957 年由他人在布加勒斯特整理的一份策兰诗汇编打字稿（*Typoskript 1957*）；这份打字稿所收诗作大部分是策兰在故乡布科维纳和布加勒斯特时期的作品，但也包含他 1948 年 7 月抵巴黎后的部分作品。这后一部分作品，应是策兰通过邮局从巴黎寄给罗马尼亚朋友的，《大黑》即是其中的一篇。露特所存打字副本原件由私人收藏，今刊本据 1957 年布加勒斯特打字稿影印件刊印。译按：诗题 Königsschwarz，策兰自撰的复合词。欧洲王室多以象征皇族血统的蓝色为尊贵，谓之 Königsblau（汉译"品蓝"，又称"王室蓝"），而鲜有以黑为尊贵色者。仿 Königsblau 杜撰 Königsschwarz 一词，盖取黑为"堂皇正大"义，合诗中所言"进场要求的黑暗"。

vom Dunkel, das Einlaß gewährt.

Gib Kunde den Käfern,
gib Kunde den Trüben,
füg Blume zu Wurm,
hiß dein Segel auf Särgen,
bette dein Herz dir zu Häupten.

关于进场给予的黑暗,

让甲虫们知,
让惛惛者知,
让鲜花配虫子,
在棺材上升起你的帆,
把你的心安在你的脑袋上。

TRINKLIED

Streiflicht der Träume, Irrwisch der Liebe, Sonnen im nächtlichen Moor!
Trunken die Becher, trunken die Tische, trunken die Zecher davor!

Bei den vergrabnen, bei den Gedanken kehren wir Künftigen ein –
O wie mir mundet, was ihr vergossen – mir schäumen Hauch noch und Schein!

Das euch zuinnerst im Nebel das Wort reicht – nehmts an die Herzen, das Licht!
Aber die Helle, die schwebt wie ein Dunkel – seht, sie leuchtet uns nicht!

Schön wie ein Haupt, das im Traum erst gekrönt wird, rollt nun die Erde heran:
Der ist der Stärkste unter euch, Götter, der mich jetzt lächeln sehn kann!

饮酒歌

梦的流光，爱的鬼火，夜沼泽的一个个太阳！
先已醉了杯盏，醉了桌子，醉了酒客[1]！

我们未来人，中途顺便到埋葬的思想那里做客[2]——
多合我胃口啊，给她斟上的——香气和光泽为我冒泡！

词语云里雾里灌到你们心底——掖在心上吧，这光！
可那光亮，晃起来像一种黑暗——看，没有使我们亮堂！[3]

美如一颗头颅，梦里才会戴上桂冠，这下地球翻滚着过来了[4]：
那是你们当中最结实的，众神啊，它可见我大笑了！

---

* 此诗作于1950年3月。今存手稿4份，抄件1份。其中一份手稿（疑是初稿）写在1950年的一个记事日历本上，诗行缺末二句，另一份手稿（铅笔稿）写在一个地址本上。以上两稿均未标注日期，而耶内氏所存手稿及娜尼·德慕斯抄件则标有日期，分别为1950年3月7日和1950年3月11日。耶内氏存稿（Jené/Slg. Felstiner）标题拟作 *Berauscht*［《醉》］，似更合题旨。此诗为策兰遗稿中未写定之作。今本《策兰遗作集》和KG本据较晚的娜尼·德慕斯抄件（Convolut Demus）釐定，《全集》HKA本未提供校勘整理稿，仅给出原始手稿（第11卷，第145页以下）。中译本据KG本译出。

1 醉了酒客：初稿作 trunken die Schleier［醉了面纱］。参看《全集》HKA本，第11卷，前揭，第145页。

2 初稿此句拟作 Bei den verjagten, bei den Gedanken kehrt ihr Verlorenen ein［你们迷惘之辈，中途顺便到被驱散的思想那儿做客］。参看《全集》HKA本，第11卷，前揭，第145页。

3 初稿此二句作 in den betörten, in euren Seelen, zündet ihr [Armen] [Toren] Töriges das Licht / Aber die Helle, sie schwelt wie das Dunkel – seht, sie | leuchtet euch nicht!［在迷茫的灵魂里，你们的灵魂里，光正照亮他们的〖手臂〗〖门扉〗心扉！／可那光亮，如同黑暗冒烟——看，｜没有使你们亮堂！］参看《全集》HKA本，第11卷，前揭，第146页。

4 此句第二稿［*Adreßheft 1*］作 xxx n wie ein Haupt, das im Staub erst gekrönt wird, | rollt nun die Welt durch den Sand［（美）如一颗头颅，在尘土里才会戴上桂冠，｜而世界正从沙地里翻滚而过］。《全集》HKA本，第11卷，第146页。

吉赛尔·策兰 – 莱特朗奇铜版画《银黑》(Noir-Argent – Silberschwarz), 1963 年

附录

1948年维也纳版《骨灰瓮之沙》篇目
（带*号者为重新编入诗集《罂粟与记忆》的作品）

AN DEN TOREN

Drüben（那边）
Traumbesitz（梦之居有）
Schlaflied（摇篮曲）
Am Brunnen（井边）
Regenflieder（雨中丁香）
Ein Krieger（一个战士）
Mohn（罂粟）
Bergfrühling（山里的春天）
Der Ölbaum（橄榄树）
Nähe der Gräber（墓畔）
Der Pfeil der Artemis（阿耳忒弥斯之箭）
Septemberkrone（九月之冠）
Flügelrauschen（翅膀声）
Der Einsame（孤独者）
Schwarze Flocken（黑雪花）
Die Schwelle des Traumes（梦的门坎）
Am letzten Tor（在最后一道门）

MOHN UND GEDÄCHNIS

*Ein Lied in der Wüste（荒野歌谣）

*Nachts ist dein Leib（夜里你的肉体）

*Umsonst malst du Herzen（你白白把心画在）

Harmonika（口琴）

*Marianne（玛利安娜）

*Talglicht（油脂灯）

*Die Hand voller Stunden（满手时间）

*Halbe Nacht（夜半）

*Es schwebt auch dein Haar（你的头发也漂在）

*Espenbaum（白杨树）

Ins Dunkel getaucht（落入黑暗）

Das einzige Licht（唯一的光）

*Aschenkraut（灰草）

*Das Geheimnis der Farne（蕨的秘密）

Nachtmusik（夜曲）

*Der Sand aus den Urnen（骨灰瓮之沙）

*Die letzte Fahne（最后的军旗）

*Ein Knirschen von eisernen Schuhn（咯噔一声）

Gesang zur Sonnenwende（至点礼赞）

*Das Gastmahl（盛宴）

*Dunkel Aug im September（九月里阴沉的眼）

*Der Stein aus dem Meer（海石）

*Erinnerung an Frankreich（法国之忆）

*Nachtstrahl（夜光）

*Die Jahre von dir zu mir（岁月从你到我）

*Lob der Ferne（远颂）

*Das ganze Leben（一生）

*Deukalion und Pyrrha（丢卡利翁和皮拉）

*Corona(Corona)
*Auf Reisen(旅途上)

*TODESFUGE(死亡赋格)

保罗·策兰著作版本缩写

保罗·策兰生前编定及发表的版本

SU　*Der Sand aus den Urnen*《骨灰瓮之沙》，A. Sexl 出版社，维也纳，1948年。

MG　*Mohn und Gedächtnis*《罂粟与记忆》，德意志出版社（Deutsche Verlags-Anstalt，简称 DVA），斯图加特，1952-1953年。

VS　*Von Schwelle zu Schwelle*《从门槛到门槛》，德意志出版社（Deutsche Verlags-Anstalt，简称 DVA），斯图加特，1955年。

SG　*Sprachgitter*《话语之栅》，S. Fischer 出版社，法兰克福，1959年。

Schulausgabe　*Paul Celan: Gedichte. Eine Auswahl*《保罗·策兰诗选》（学生文库版），S. Fischer 出版社，法兰克福，1962年。

NR　*Die Niemandsrose*《无人的玫瑰》，S. Fischer 出版社，法兰克福，1963年。

AK　*Atemkristall*《呼吸的结晶》（收录诗集《光明之迫》中列为第一辑的21首诗，配吉赛尔·策兰-莱特朗奇八幅铜版画插图），珍藏版，仅印85册，列兹敦士登 Brunidor 出版社，巴黎，1965年9月。

AW　*Atemwende*《换气集》，Suhrkamp 出版社，法兰克福，1967年。

AG　*Ausgewählte Gedichte, Paul Celan*《保罗·策兰诗选》，Suhrkamp 出版社，法兰克福，1968年。

FS　*Fadensonnen*《棉线太阳》，Suhrkamp 出版社，法兰克福，1968年。

ED　*Eingedunkelt*《暗蚀》组诗（11首），载多人诗选合集《来自荒废的工作室》（*Aus aufgegebenen Werken*），西格弗里德·翁赛特（Siegfried Unseld）主编，Suhrkamp 出版社，法兰克福，1968年。

Todtnauberg《托特瑙山》，珍藏版，仅印50册，列兹敦士登 Brunidor 出版社，瓦杜茨，1968年1月。

SM *Schwarzmaut*《黑关税》（收录诗集《光明之迫》中列为第一辑的14首诗，配吉赛尔·策兰-莱特朗奇15幅铜版画插图），珍藏版，初版仅印85册，列兹敦士登Brunidor出版社，巴黎，1969年3月。

LZ *Lichtzwang*《光明之迫》，Suhrkamp出版社，法兰克福，1970年。

SP *Schneepart*《雪之部》（遗作），Suhrkamp出版社，法兰克福，1971年。

ZG *Zeitgehöft*《时间山园》（遗作），Suhrkamp出版社，法兰克福，1976年。

后人编辑出版的保罗·策兰全集及遗作版本

Gedichte in zwei Bänden《保罗·策兰诗全集》（两卷本），Suhrkamp出版社，法兰克福，1975年。

GW *Gesammelte Werke in fünf Bänden*《保罗·策兰作品全集》（五卷本），贝达·阿勒曼（Beda Allemann）、施特凡·赖歇特（Stefan Reichert）主编，Suhrkamp出版社，法兰克福，1983年。

Gedichte 1938-1944, Paul Celan. Faksimile-Transkription der Handschrift. Mit einem Vorwort von Ruth Kraft.《保罗·策兰1938-1944诗稿》（手稿影印本和铅字印刷本），露特·克拉夫特序，Suhrkamp出版社，法兰克福，1985年。

MuP *Der Meridian und andere Prosa*《〈子午线〉及其他散文》，Suhrkamp出版社，法兰克福，1988年。

EDU *Eingedunkelt und andere Gedichte aus dem Umkreis von »Eingedunkelt«*《〈暗蚀〉组诗及相关诗稿》，贝特朗·巴迪欧（Bertrand Badiou）、让-克洛德·兰巴赫（Jean-Claude Rambach）编，Suhrkamp出版社，法兰克福，1991年。

Gesammelte Werke in sieben Bänden《保罗·策兰诗全集》（七卷本），Suhrkamp出版社，法兰克福，2000年。

TCA *Werke*, Tübinger Celan-Ausgabe. Vorstufen – Textgenese –

Endfassung《保罗·策兰作品集》图宾根校勘本（九卷），于根·韦特海默尔（Jürgen Wertheimer）主编，Suhrkamp 出版社，法兰克福 1996-2004 年。

- TCA/MG 《罂粟与记忆》图宾根校勘本，2004 年。
- TCA/VS 《从门槛到门槛》图宾根校勘本，2002 年。
- TCA/SG 《话语之栅》图宾根校勘本，1996 年。
- TCA/NR 《无人的玫瑰》图宾根校勘本，1996 年。
- TCA/AW 《换气集》图宾根校勘本，2000 年。
- TCA/FS 《棉线太阳》图宾根校勘本，2000 年。
- TCA/LZ 《光明之迫》图宾根校勘本，2001 年。
- TCA/SP 《雪之部》图宾根校勘本，2002 年。
- TCA/Meridian 《子午线》图宾根校勘本，1999 年。

HKA Paul Celan Werke, Historisch-kritische Ausgabe. I. Abteilung:Lyrik und Prosa《保罗·策兰全集》历史考订本，（又称波恩本 BCA），由波恩大学日耳曼文学教授毕歇尔（Rolf Bücher）和亚琛理工大学日耳曼文学研究所教授葛豪斯（Axel Gellhaus, 1950-2013）领导的编辑组负责编辑，Suhrkamp 出版社出版。全书初步计划分十六卷，前十四卷为诗歌卷，后两卷为散文卷；1990 年至今已出十五卷，其中第二、三合为一卷；第十六卷正在编辑之中。

第一卷 *Frühe Gedichte*《早期诗歌》，2003 年。

第二、三卷（合集）*Der Sand aus den Urnen / Mohn und Gedächtnis*《骨灰瓮之沙》/《罂粟与记忆》，2003 年。

第四卷 *Von Schwelle zu Schwelle*《从门槛到门槛》，2004 年。

第五卷 *Sprachgitter*《话语之栅》，2002 年。

第六卷 *Die Niemandsrose*《无人的玫瑰》，2001 年。

第七卷 *Atemwende*《换气集》，1990 年。

第八卷 *Fadensonnen*《棉线太阳》，1991 年。

第九卷 *Lichtzwang*《光明之迫》，1997 年。

第十卷 *Schneepart*《雪之部》，1994 年。

第十一卷 *Verstreut gedruckte Gedichte. Nachgelassene Gedichtebis 1963*《已刊未结集散作／1963 年以前诗歌遗稿》，2006 年。

第十二卷 *Eingedunkelt*《暗蚀》，2006 年。

第十三卷 *Nachgelassene Gedichte 1963–1968*《1963-1968 年诗歌遗稿》，2011 年。

第十四卷 *Nachgelassene Gedichte 1968-1970*《1968-1970 年诗歌遗稿》，2012 年。

第十五卷 *Prosa I. Zu Lebzeiten publizierte Prosa und Reden*《生前已刊散文及讲演》（散文卷 I），2014 年。

第十六卷 *Prosa II*（散文卷 II，遗稿），2017 年 4 月出版。

KG　*Paul Celan, Die Gedichte*. Kommentierte Gesamtausgabe in einem Band《保罗·策兰诗全编》全一卷注释本，芭芭拉·魏德曼编，Suhrkamp 出版社，法兰克福，2003 年。

GN　*Die Gedichte aus dem Nachlaß*《策兰遗作集》，贝特朗·巴迪欧、让－克洛德·兰巴赫、芭芭拉·魏德曼编，Suhrkamp 出版社，法兰克福，1997 年。

PCBPh　*Paul Celan La Bibliothèque philosophique, Catalogue raisonné des annotations*《保罗·策兰的哲学书架》（眉批，旁批，摘录，读书笔记），亚历山德拉·李希特（Alexandra Richter）、帕特里克·阿拉克（Patrick Alac）、贝特朗·巴迪欧编，乌尔姆街出版社（Éditions Rue d'Ulm）／巴黎高等师范学校出版社联合出版，2004 年。

MS　*Mikrolithen sinds, Steinchen. Die Prosa aus dem Nachlaß*《细晶石，小石头（保罗·策兰散文遗稿）》，芭芭拉·魏德曼、贝特朗·巴迪欧编，Suhrkamp 出版社，法兰克福，2005 年。

保罗·策兰通信集

PC/Sachs　*Paul Celan – Nelly Sachs : Briefwechsel*《保罗·策兰与内

莉·萨克斯通信集》，芭芭拉·魏德曼编，Suhrkamp 出版社，法兰克福，1993 年。

PC/FW　*Paul Celan – Franz Wurm : Briefwechsel*《保罗·策兰与弗兰茨·武尔姆通信集》，芭芭拉·魏德曼编，Suhrkamp 出版社，法兰克福，1995 年。

PC/EE　*Paul Celan-Erich Einhorn: »Einhorn : du weißt um die Steine...«. Briefwechsel*《"独角兽：你知道石头……"（保罗·策兰与埃里希·艾因霍恩通信集）》，马琳娜·季米特里耶娃-艾因霍恩（Marina Dmitrieva-Einhorn）编，弗里德瑙出版社（Friedenauer Presse），柏林，1999 年。

PC/HHL　*Paul Celan-Hanne und Hermann Lenz : Briefwechsel*《保罗·策兰与汉娜和赫尔曼·棱茨通信集》，芭芭拉·魏德曼编，Suhrkamp 出版社，法兰克福，2001 年。

PC/GCL　*Paul Celan-Gisèle Celan-Lestrange : Correspondance (1951-1970) Avec un choix de lettres de Paul Celan à son fils Eric*《保罗·策兰与吉赛尔·策兰-莱特朗奇通信集》，贝特朗·巴迪欧主编，埃里克·策兰协编，Seuil 出版社，巴黎，2001 年。

PC/GCL　*Paul Celan-Gisèle Celan-Lestrange : Briefwechsel: Miteiner Auswahl von Briefen Paul Celans an seinen Sohn Eric*《保罗·策兰与吉赛尔·策兰-莱特朗奇通信集》(德文版)，贝特朗·巴迪欧主编，埃里克·策兰协编，欧根·赫尔姆勒译，Suhrkamp 出版社，法兰克福，2001 年。

PC/DKB　Paul Celan, »Du mußt versuchen, auch den Schweigenden zu hören«, Briefe an Diet Kloos-Barendregt《"你也要试着听一听静者" ——保罗·策兰致荻特·克鲁斯-巴伦德尔格特书信集》，保罗·萨尔斯（Paul Sars）编，Suhrkamp 出版社，法兰克福，2002 年。

PC/ISh　*Paul Celan-Ilana Shmueli: Briefwechsel*《保罗·策兰与伊

兰娜·施缪丽通信集》，伊兰娜·施缪丽与托马斯·施帕尔合编，Suhrkamp 出版社，法兰克福，2004 年。

PC/RH　*Paul Celan-Rudolf Hirsch: Briefwechsel*《保罗·策兰与鲁道夫·希尔施通信集》，约阿希姆·申格（Joachim Seng）编，Suhrkamp 出版社，法兰克福，2004 年。

PC/PSz　Paul Celan-Peter Szondi : Briefwechsel《保罗·策兰与彼得·史衷迪通信集》，克里斯托弗·柯尼希编，Suhrkamp 出版社，法兰克福，2005 年。

PC/IB　Herzzeit. Ingeborg Bachmann-Paul Celan Der Briefwechsel《心的时间。英格褒·巴赫曼与保罗·策兰通信集》，贝特朗·巴迪欧、汉斯·赫勒、安德雷亚·施托尔、芭芭拉·魏德曼编，Suhrkamp 出版社，法兰克福，2008 年。

PC/KND　*Paul Celan-Klaus und Nani Demus: Briefwechsel*《保罗·策兰与克劳斯和娜尼·德慕斯通信集》，约阿希姆·申格编，Suhrkamp 出版社，法兰克福，2009 年。

PC/GC　»*Ich brauche Deine Briefe*«《我需要你的来信》（保罗·策兰与古斯塔夫·肖梅特通信集），芭芭拉·魏德曼、于根·柯切尔合编，Suhrkamp 出版社，法兰克福，2010 年。

PC/GC　*Paul Celan – Edith Silbermann. Zeugnisse einer Freundschaft / Gedichte, Briefwechsel, Erinnerungen*《保罗·策兰与艾迪特·希伯尔曼：一段友谊的见证 / 诗歌，书信，回忆》，艾迪特·希伯尔曼、艾米-黛安娜·柯琳（Amy-Diana Colin）合编，Wilhelm Fink 出版社，帕德博恩，2010 年。

PC/rheinsche Freunde　*Paul Celan, Briefwechsel mit den rheinschen Freunden Heinrich Böll, Paul Schallück und Rolf Schroers*《保罗·策兰与莱茵地区友人通信集》，芭芭拉·魏德曼编，Suhrkamp 出版社，法兰克福，2011 年。

PC/GD　*Paul Celan-Gisela Dischner, Wie aus weiter Ferne zu*

Dir:Briefwechsel《如同从远方抵达你。保罗·策兰与吉塞拉·狄施奈通信集》,芭芭拉·魏德曼编,Suhrkamp 出版社,法兰克福,2012 年。

本卷策兰诗德文索引

Am Brunnen / 178

Am letzten Tor / 216

Am schwarzen Rand deiner Sehnsucht / 268

Aschenkraut / 32

Auf allen Wegen / 270

Auf hoher See / 110

Auf Reisen / 90

Augen / 136

Aus allen Wunden / 258

Aus Herzen und Hirnen / 142

Aus scharfen Kräutern totem Geist / 274

Beisammen / 254

Bergfrühling / 188

Bildnis eines Schattens / 264

Brandmal / 102

Brandung / 140

Chanson einer Dame im Schatten / 54

Corona / 74

Da du geblendet von Worten / 152

Das einzige Licht / 226

Das ganez Leben / 66

Das Gastmahl / 44

Das Geheimnis der Farne / 34

Dein Haar überm Meer / 28

Der Einsame / 208

Der Ölbaum / 192

Der Pfeil der Artemis / 198

Der Reisekamerad / 134

Der Sand aus den Urnen / 36

Der Stein aus dem Meer / 50

Der Tauben weißeste / 128

Der Tod / 252

Die Ewigkeit / 138

Die feste Burg / 126

Die Hand voller Stunden / 24

Die Jahre von dir zu mir / 60

Die Krüge / 118

Die letzte Fahne / 38

Die Nacht / 256

Die Schwelle des Traumes / 214

Drüben / 170

Dunkles Aug im September / 46

Ein Knirschen von eisernen Schuhn / 42

Ein Krieger / 182

Ein Lied in der Wüste / 4

Erinnerung an Frankreich / 52

Espenbaum / 30

Gesang zur Sonnenwende / 232

Großer Gefangner im Abend / 276

Festland / 238

Flügelrauschen / 204

Halbe Nacht / 26

Harmonika / 220

Ich bin allein / 116

In Ägypten / 94

Ins Dunkel getaucht / 222

Ins Nebelhorn / 96

Irrsal / 244

Königsschwarz / 278

Kristall / 106

Landschaft / 154

Lästerwort / 262

Lob der Ferne / 62

Marianne / 16

Mohn / 184

Nachtmusik / 230

Nachts ist dein Leib / 8

Nachts, wenn das Pendel / 120

Nachtstrahl / 58

Nähe der Gräber / 194

O Blau der Welt / 260

Regenflieder / 180

Schlaf und Speise / 132

Schlafendes Lieb / 246

Schlaflied / 176

Schwarze Flocken / 210

Schwarze Krone / 240

Seelied / 236

Septemberkrone / 202

Sie kämmt ihr Haar / 150

So bist du denn geworden / 124

So schlafe / 122

Spät und Tief / 68

Stille ! / 156

Talglicht / 20

Todesfuge / 79

Totenhemd / 108

Traumbesitz / 174

Trinklied / 282

Umsonst malst du Herzen / 12

Unstetes Herz / 148

Vom Blau / 98

Wasser und Feuer / 158

Wer sein Herz / 104

Wer wie du / 100

Wie sich die Zeit / 248

Zähle die Mandeln / 162

图书在版编目(CIP)数据

保罗·策兰诗全集. 第二卷, 罂粟与记忆/(德)保罗·策兰著；孟明译.
—上海：华东师范大学出版社,2017.8
 ISBN 978-7-5675-6242-4

Ⅰ.①保… Ⅱ.①保… ②孟… Ⅲ.①诗集—德国—现代
Ⅳ.①I516.25

中国版本图书馆 CIP 数据核字(2017)第 041686 号

华东师范大学出版社六点分社
企划人 倪为国

本书著作权、版式和装帧设计受世界版权公约和中华人民共和国著作权法保护

保罗·策兰诗全集 第二卷 罂粟与记忆

著　　者　(德)保罗·策兰
译　　者　孟　明
责任编辑　倪为国　古　冈
德文编辑　温玉伟
封面设计　梁依宁

出版发行　华东师范大学出版社
社　　址　上海市中山北路 3663 号　邮编　200062
网　　址　www.ecnupress.com.cn
电　　话　021-60821666　行政传真　021-62572105
客服电话　021-62865537　门市(邮购)电话　021-62869887
地　　址　上海市中山北路 3663 号华东师范大学校内先锋路口
网　　店　http://hdsdcbs.tmall.com

印 刷 者　上海景条印刷有限公司
开　　本　889×1194　1/32
插　　页　4
印　　张　10.50
字　　数　93 千字
版　　次　2017 年 8 月第 1 版
印　　次　2025 年 1 月第 5 次
书　　号　ISBN 978-7-5675-6242-4/I·1658
定　　价　68.00 元

出 版 人　王　焰

(如发现本版图书有印订质量问题,请寄回本社客服中心调换或电话 021-62865537 联系)